007典藏系列

007 Casino Royale
皇家赌场

伊恩·弗莱明 著
郭 浩 刘 静 译

HUANGJIA DUCHANG

图书在版编目(CIP)数据

皇家赌场/(英)伊恩·弗莱明著;郭浩,刘静译. —合肥:安徽文艺出版社,2016.1

(007 典藏系列)

ISBN 978-7-5396-5544-4

Ⅰ.①皇… Ⅱ.①弗… ②郭… ③刘… Ⅲ.①长篇小说-英国-现代 Ⅳ.①I561.45

中国版本图书馆 CIP 数据核字(2015)第 226936 号

出 版 人：朱寒冬
责任编辑：姜婧婧　　　　　　装帧设计：张诚鑫

出版发行　时代出版传媒股份有限公司　www.press-mart.com
　　　　　安徽文艺出版社　www.awpub.com
地　　址：合肥市翡翠路 1118 号　邮政编码：230071
营 销 部：(0551)63533889
印　　制：合肥创新印务有限公司　(0551)64456946

开本：880×1230　1/32　印张：5.875　字数：160 千字
版次：2016 年 1 月第 1 版　2016 年 1 月第 1 次印刷
定价：24.00 元

(如发现印装质量问题,影响阅读,请与出版社联系调换)

版权所有,侵权必究

007 *Casino Royale*

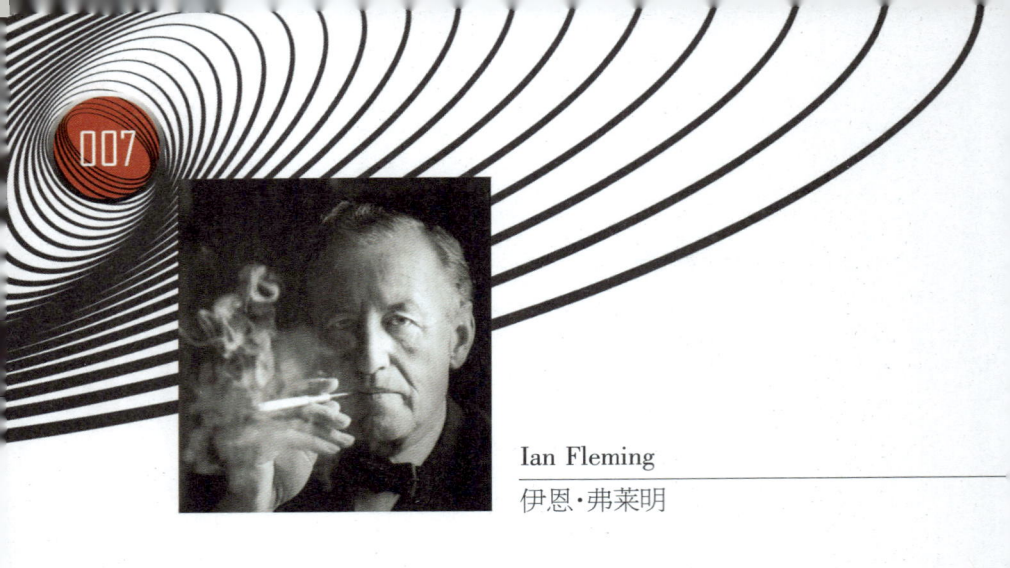

Ian Fleming
伊恩·弗莱明

1953年，正在牙买加太阳酒店度蜜月的伊恩·弗莱明百无聊赖地坐在打字机边，他的脑子里正在酝酿"一部终结所有间谍小说的间谍小说"——这部小说的主角就是通俗文学世界里最为人知晓、商业电影范围内生命最长的詹姆斯·邦德。

和其笔下的007一样，弗莱明的现实生活中也充满了炮弹味和香水味，年轻有为、风流倜傥的程度和詹姆斯·邦德有的一拼。弗莱明1908年出生在英国，他从小就希望过上一种自由刺激的生活，可是他的性情却和英国的传统教育格格不入。1921年，在著名的伊顿公学念书的弗莱明因为行为不端而被开除。1926年，他在家庭的安排下进入了桑德赫斯特军校，所有人都希望他这次能吸取教训并顺利完成学业，可是弗莱明本性难移，因为酗酒和斗殴，弗莱明提前结束了自己在军校的生活。1931年，他进入了著名的路透社，成为了一名专门报道间谍案件的记者。1933年，他回到了英国，做了一个银行职员，百无聊赖的生活让弗莱明忍无可忍。二战的到来为弗莱明带来了"换种活法"的机会——战争让弗莱明变成了邦德。

1939年5月，弗莱明成为英国皇家海军情报局中尉，上任时年仅31岁，从司机到海军大臣人人都喜欢他那充满了生气的堂堂仪表。因工作出色，弗莱明深得局长约翰·戈弗雷海军上将的赏识，后者以作风强硬著称，是007邦德的老板——M的原型。弗莱明曾多次陪同戈弗雷上将去美国与联邦调查局局长胡佛会晤，交流情报。弗莱明为戈弗雷起草了无数的报告和备忘录，他的写作才华开始展现，枯燥的案件被他描述得跌宕起伏。这些文件至今还是英国谍报部门授课的范文。

由于出色的工作表现，弗莱明被直接提拔为海军中校，并作为戈弗雷的助理直接领导代号为30AU的间谍部队。这是一个由间谍精英组成的小分队，队员个个身怀绝技，从神枪手、化妆师、武器专家到解密高手、间谍美女，一应俱全。他们的主要任务是帮助纳粹占领国的高级官员逃亡以及窃取德军重要档案。

第一次行动，弗莱明率领30AU来到葡萄牙的卡斯卡伊斯，策划阿尔巴尼亚国王索古从德国、意大利占领区潜逃。他设想的营救计划是这样的：清晨，在国王寓所门前，两名清洁工（英国特工）出现了，严密监视国王寓所的德国卫兵问了两句，就让他们进了门。待了一会儿，两个清洁工（已是国王夫妇）再次出现，拖着垃圾袋正向大门走来。这时，事先安排好的一场车祸准时在街对面发生，德国卫兵赶紧召集人手灭火救人。一个蒙太奇镜头：两个"高贵的清洁工"登上垃圾车渐渐远去。待德国人发现国王夫妇失踪时，国王夫妇已化装成葡萄牙人搭乘一艘意大利游轮安全抵达卡斯卡伊斯。结果，伊恩·弗莱明的策划与行动一样顺利，犹如他在执导拍摄一部007电影。

二战期间，弗莱明与"疯狂比尔"——美国战略情报局局长威廉姆·多诺万将军关系密切。1941年，多诺万计划成立新的情报机关，要弗莱明策划一个蓝图。弗莱明为他撰写的计划共七十二页，描述了一个完美特工应具备的特质，"年龄在40岁到50岁，经过特工训练，拥有出色观察、分析、评价能力，完美判断力，能随时保持头脑清醒，对情报事业有献身精神,并有广博的生活经历"。这和詹姆斯·邦德的形象几乎一致。1947年中情局正式成立,很大程度上借鉴了"邦德标准"。弗莱明毫不掩饰得意之情,向多个朋友吹嘘"我创造了中央情报局"。

1945年11月4日,弗莱明离开了海军情报局,戈弗雷上将对他做出了闪光的评语:"他的热情、才能和见识都是无与伦比的,他对海军情报局的战时发展和组织活动做出了巨大贡献。"

自《皇家赌场》大卖之后,弗莱明就成了一架被烟草和酒精驱动的写作机器,在他人生的最后十二年里,一共写了十四部007小说。在弗莱明生前,他的007系列小说就销出了四千万册,迄今为止,该系列小说在世界各地的销售量已超过一亿册。

1964年8月12日,56岁的弗莱明由于心脏病发作倒在儿子的生日宴会上。

尽管他一生烟酒不离,女人无数,但最后陪伴在他身边的依然是他的妻子。他热爱社交,但也曾因执着写作险些被上流社会抛弃。然而,五十多年过去了,那些曾经试图抛弃他的"贵族们"早已烟消云散,他所留下的作品却享誉全球、妇孺皆知。在全世界,无数的人在阅读007小说或观看007电影,以此向这位传奇人物表达敬意和缅怀之情。

目 录
Contents

第一章　　特殊使命／1

第二章　　绝密档案／8

第三章　　代号007／17

第四章　　芒茨夫妇／22

第五章　　琳达小姐／29

第六章　　有惊无险／36

第七章　　牛刀小试／41

第八章　　美酒佳人／49

第九章　　面授机宜／55

第十章　　一触即发／63

第十一章　　跌落云端／70

第十二章　　暗藏杀机／77

第十三章　　反败为胜／84

第十四章　　节外生枝／93

第十五章　生死追击／98

第十六章　落入陷阱／103

第十七章　痛不欲生／110

第十八章　九死一生／121

第十九章　病人邦德／125

第二十章　孰是孰非／133

第二十一章　再见佳人／141

第二十二章　海滨仲夏／149

第二十三章　情真意切／156

第二十四章　春宵一刻／161

第二十五章　杯弓蛇影／166

第二十六章　疑影重重／172

第二十七章　香消玉殒／177

Casino Royale

第一章　特殊使命

凌晨3点,赌场里弥漫着烟味与汗臭味混杂的气息,那味道真令人作呕。赌客们掺杂着贪婪、恐惧与紧张的孤注一掷让他们神经紧绷、兴奋异常。

倦意突然袭上了詹姆斯·邦德的心头——他总会敏锐地觉察到自己精神或肉体上的疲惫,并做出适当的反应,以避免状态不佳和反应迟钝带来的失误。

他默默地从赌桌前离开,走到包厢中围着赌桌的半人多高的铜栏杆边站定。

拉契夫仍在下注,而且手风一直很顺。他面前散放着一堆十万法郎的赌注,在他粗壮的左臂的阴影下则整齐地码放着一摞摞大号的黄色赌注——每个代表五十万法郎。

邦德注视了好一会儿,然后他耸了耸肩,回过神来,转身走了出去。

　　赌场的账台被过肩高的围栏围着,账房通常是个银行的小职员——坐在凳子上埋头整理成堆的现金和筹码,钱和筹码都整齐地摆放在护栏后面的架子上。账房随身携带着短棍和枪——用来防身,想越过护栏盗取现金并从赌场全身而退是不可能的,何况赌场通常是安排两个账房一起值班。

　　邦德一边想着这个问题,一边收拾起一沓十万和几沓一万法郎的钞票。同时,他的脑子里又浮现着明天赌场早晨例会的情形:"拉契夫先生赢了两百万,他还是玩自己最擅长的。费尔奇小姐在一个小时内进账一百万,然后就离开了。她一个钟头对拉契夫先生摊庄三次,然后转身就走。她非常冷静。维克德维兰先生在轮盘赌中赢了一百二十万,他在首轮和末轮赢得最多,他运气很好,而英国佬邦德先生在过去两天内总共进账高达三百万。他坐在五号桌,牌风很凶。杜克劳先生运气也不错,他似乎一直发挥稳定,状态奇佳,而且看来精力也不错。昨晚,他玩'十一点'赢了,在百家乐上赢了,又在轮盘赌中赢了……光头佬运气还是一如既往地差,他一直输。"

　　"总结得很好,哈维尔先生。"

　　"谢谢夸奖,经理先生。"

　　大概会是这样子的吧,邦德一边思忖着,一边推开包间的牛仔门往外走。在门口他冲穿着西装的门童点了点头——门脚边有个电动开关,一旦发现有什么不对,可以立即把门锁闭。

　　赌场管理者们会在结算完开支账目后,回家或到咖啡厅去吃午餐。

对于打劫包厢,邦德只是想想,他本人才不会那样去做。他想这需要十个身手不凡的帮手,而且中间干掉一两个赌场雇员是难免的,何况在法国乃至其他任何国家想找十个口风紧的杀手来干这种事情都是不大可能的。

邦德在衣帽间付了一千法郎给服务生作为小费。下楼的时候,他便断定拉契夫也绝对不会打劫包厢,并打消了对这种可能性的考虑。这时,他才感到了来自身体的真切感受,绅士鞋踩在路面干燥的沙砾上让他很不舒服,有些口干舌燥,腋下也开始微微出汗。他的面部鼻腔开始充血。深吸了几口外面的新鲜空气,邦德再次提起神来,他需要确认自他晚饭前离开后是否有人搜过他的房间。

穿过宽敞的大街和花园,他来到了自己入住的金豪饭店。他微笑着接过门童递给他的一楼45号房间的钥匙和一封电报,电报发自牙买加,上面写着:

邦德(金豪皇家温泉会所):

    贵公司1915年份劣质古巴哈瓦那雪茄,我方不可能支付一千万,重复一遍,一千万。安好!

达席尔瓦

这意味着一千万正在汇给他的途中,这是对那天下午邦德索要更多资金的请求给予的回复,请求是邦德通过巴黎发给伦敦总部的。克莱门茨——邦德的头儿,向M汇报了邦德的要求,M苦笑以对,并转身要求"中间人"去与财政部交涉此事。

邦德曾在牙买加工作过，他执行此次"赌场使命"的身份是牙买加第一进出口商人加福利先生公司的一位非常阔绰的客户。

他是通过一个在牙买加工作的人来进行联系的，这个人的身份是加勒比地区的著名报纸《拾穗者日报》的图片部主任。

这个人名叫福赛特，他曾在开曼群岛上的一家大渔业公司当过会计。二战爆发，他和其他一些来自开曼群岛的人一起志愿入伍。战争结束的时候，他在海军情报处设在马耳他的一个分支机构里做金融职员。战后，心情沮丧的他不得不回到开曼群岛，此时负责加勒比地区的情报机构看中了他。经过强化摄像及其他方面的技术培训，并得到牙买加当地的一位权势人物的暗中相助，他得以进入《拾穗者日报》的图片部工作。

他一边筛选来自各大通讯社的图片，一边通过电话接受紧急指示。给他发情报的人，他从未见过，只是要求他绝对服从命令，即时、准确无误地执行具体任务。为此，他会得到每个月二十英镑的报酬，钱由一个假称是他英国亲戚的人通过加拿大皇家银行汇入他的账户。

福赛特现在的任务是随时通过电话接收上线的情报，并即时地传递给邦德。他的上线告诉他，他要传递的情报信息并不会引起牙买加邮政局的怀疑。所以当他被指派去通过收发装置（可以连通英法两国）去与Maritime出版与图片社进行单线联系时，他并不感到意外，而他会为此每月多挣十英镑。

感到安全有了保障，他开始幻想着会获得大英帝国勋章。为此，他还分期付款购买了一辆英国产莫利斯牌小汽车，又买下他向往已久的摄像用的遮光眼罩，这会让他看起来更加专业。

这些东西犹如电影背景信息一样从邦德的脑海里一闪而过，他已经习惯于这种远程控制，甚至开始喜欢它了。这种距离感使得他在和M进行联系时有一到两个小时的考虑时间。听起来有些荒谬，但他总感觉王泉小镇上还有别的特工在独立地向伦敦汇报。这种感觉让他觉得，虽然是隔着一百五十英里的英吉利海峡，但坐在位于摄政公园旁的办公室里的头头们对他的一举一动看得清清楚楚——并随时进行评估、发布指示。就像福赛特，他知道自己如果直接全款买下莫利斯，而不是分期购买的话，就会为伦敦的头儿们知晓，并被调查资金的来源。

邦德把电报又重新看了一遍，然后顺手从写字台上撕下一张电报纸，用大写字母写下：

来电已悉。

邦德

然后他把回电递给了门童。在邦德看来，如果门童有问题的话，他要么会偷偷用蒸汽熏蒸开启电报封口，要么通过贿赂邮局获取了他手中电报的拷贝。

他取了房门钥匙，道了声晚安，转身走向了楼梯。他向负责开电梯的人摇了摇头，示意自己不用坐电梯。在邦德看来，如果二楼有人的话，电梯一开动，就会打草惊蛇——相当于传递了一个危险讯号，他习惯于谨慎地从楼梯走上去。

在踮着脚尖悄无声息地上楼的瞬间,他开始后悔自己给 M 的回复。因为他明白赌资捉襟见肘对于一个赌徒来说可不保险。嗨,管他呢,M 很可能不会再多给他一个子儿。想到这里,他耸了耸肩,从楼梯间转到了过道里,在往自己房门走去的时候,他的脚步放得更轻了。

电灯开关在哪里,邦德再清楚不过了。站在房门前,他猛地推开门,拉亮电灯,拔出手枪。房间空无一人。他没有去查看半掩着门的浴室,而是径直走进卧室,锁好门,打开床头灯和镜前灯,把枪扔在床边的沙发上。然后他弯下腰,查看了写字台的抽屉,那儿夹着他临走前放的一根头发,它原封未动。

接下来,他又检查了衣橱的陶瓷把手内侧,发现涂在上面的爽身粉丝毫未动。他走进浴室,打开马桶水箱盖,检查了铜阀上的水位。

检查完这些,他又查看了防盗铃,他并不觉得这样做可笑或神经质。他是一个特工人员,对生活细节的关注才让他活到现在。对他来说,平时的谨慎小心都是必须的,就如同深海潜水员、试飞员或是其他拿命换钱的人,凡事都要小心。

发现房间并没有被翻动的痕迹,邦德松了口气,于是脱掉衣服,洗了个冷水澡。从浴室出来,邦德又燃上一支烟——这是他一天中的第七十根香烟——在书桌前坐下,开始清点那厚厚的一沓赌本和赢来的钞票,并记在小本子上。两天的赌博让他赢了三百万法郎。从伦敦来的时候,他带了一千万法郎做赌本,后来又向伦敦申请了一千万法郎。这样,他在里昂银行里的赌资加起来就会有两千三百万法郎之多,相当于差不多两万三千英镑。

邦德一动不动地坐在那里,凝视着窗外一望无际的黑夜。过了好一会儿,他起身把那沓钞票塞到单人床的枕头底下,然后刷牙、熄灯、上床。躺在床上,他花了大约十分钟的时间把今天发生的事情在脑海里过了一遍,之后翻了个身,凝神入眠。

他睡前的最后一个动作是,把右手放在枕头底下——那下面放着一柄短膛的柯尔特点三八警用手枪。

第二章　绝密档案

时间回到两周前,秘密情报处 S 站将一份秘密档案呈递给了 M。一直以来 M 都是这个下辖于国防部的秘密情报处的头儿。

收件人:M

发件人:S 站站长

主题:除掉拉契夫先生(绰号:代号先生)。拉契夫是我们在法国情报战线上的死对头之一,他的表面身份是阿尔萨斯工人联合会(SODA)的会计,该工会为共产主义者所控制,主要吸收来自阿尔萨斯重工业和运输业的人员;据我们所知,该组织在雷德兰事件中扮演了重要角色。

附件:拉契夫的主要档案附在附件一中,附件二的内容是关于 SMERSH(锄奸局,苏联反间谍组织——译者注)的介绍。

据我们最近的观察，拉契夫已经惹上了麻烦。从各方面来说，拉契夫都是一个非常出色的苏联间谍，但他的一些陋习和嗜好却是他的致命弱点，有时可以加以利用。他有个欧亚混血情人是 F 站的内线（代号 1860），最近跟他混得火热，可以打探不少有关他的情报。

1860 已经察觉到拉契夫好像最近手头很紧。他开始变卖一些珠宝，并处置了位于安提布的一处别墅，而他一贯挥霍无度的生活方式也日渐收敛。二处（负责协助我们此次行动）的朋友们会协助我们获取更多的相关情报。

1946 年 1 月，拉契夫在诺曼底和布列塔尼收购了一些妓院，被戏称为"黄色警戒线"。他看来是昏了头了，把列宁格勒第三局给他用来运作阿尔萨斯工人联合会的五千万法郎经费挪用来搞这些玩意儿。

通常来说，这倒是个不错的可以大赚一笔的买卖。而拉契夫的本意可能更多地出于让他的工会资金增值而不是拿上头给他的钱来投机以中饱私囊。然而更靠谱的推测是，他本人是个好色之徒，若非想利用开办妓院近水楼台先得月以满足自己的肉欲的话，他可能会选择其他更明智的投资。

可惜他实在是时运不济。

仅仅三个月后，在 4 月 13 日，法国政府颁布了第 46685 号法令：Loi Tendant a la Fermeture des Maisons de Tolerance et au Renforcement de la lute contre le Proxenitisme. （注：法文。关于关闭妓院以及强化反对卖淫嫖娼行为的法令。）

M 看到这里时,面露不悦,他按下了桌上的通话按钮。

"S 站站长在吗?"

"在,长官?"

"这个单词是什么个鬼意思?!"M 一边说一边把 Proxenitisme 给拼读了出来。

"是拉皮条的意思,长官。"

"这里是幼稚园吗,S 站站长? 如果你准备炫耀你所知道的那些拗口的法语词汇的话,请你至少给我准备一张小摇床! 我劝你还是老老实实地用英文写。"

"对不起,长官。"

M 关掉了通话按钮,继续来看备忘录。

  这个法令又被人们称作马特·理查德法案,根据该法案,所有的妓院将被关闭,淫秽书籍和影片也会被查禁。于是拉契夫的投资在一夜之间全部泡了汤,而他投进去的工会基金也大多打了水漂。绝望之中,他甚至在家中秘密地安排聚会招揽皮肉生意,并开了一两家地下影院。但这些尝试所赚得的小钱并不能满足他的日常开销。他绞尽脑汁想把自己的投资脱手,但即使跳楼价甩卖,也没人愿意接手。现在警察已经盯上了他,一时间他不少于二十个场子都被关停了。

  当然,警察不过是把他当成一个有钱的妓院老板罢了。而直到我们开始打探拉契夫的经济来源时,二处的人才从警方那里挖掘出了一份类似的档案。

目前的情形对于我们以及法国方面的朋友来说都是显而易见的。在"黄色警戒线"建立之后的几个月里,法国警方一直在展开对他的围剿。现在他最初的投资已经血本无归,调查显示他负责掌管的联合会资金已有五千万法郎左右的亏损。

看起来这件事似乎并没有引起列宁格勒方面的怀疑,但拉契夫还是惶惶不可终日,因为他知道 SMERSH 随时有可能会察觉到此事。上周 P 站传来可靠消息称,一名来自这个凶悍的苏联反间谍机构的高层已经从华沙动身,经由东柏林前往斯特拉斯堡。对此消息二处和斯特拉斯堡当局(他们是完全可靠的)那边并无确认消息传来。而拉契夫的总部也没有任何消息传出。除了 1860 之外在那里我们还安插了一个双面间谍。

如果拉契夫知道 SMERSH 已经盯上了他或者知道他们对他有半点怀疑的话,那么他除了自杀或尝试逃跑外别无选择。但从他目前的打算看来,虽然他很绝望,但他认为自己还不至于小命不保。针对他的企图,我们制定了一个有些冒险的非常规对策附在了这份密件的末尾。

总之,我们认为,拉契夫准备铤而走险——想通过在赌场孤注一掷填平他巨额的账目亏空。买股票的投资回报对他来说来得太慢了,甚至走私毒品或稀有药品的暴利都无法满足他的要求——在他看来,干什么都比不上豪赌来钱快。事实上就算他真的赢了那么多钱,他更可能会被赌徒们干掉而不是拿到钱后全身而退。

通过各种途径，我们得知拉契夫已经把联合会账目上最后的两千五百万法郎全取了出来，在王泉小镇边上租下了一栋小别墅，两周后他将会在那里住上一个星期。

今夏欧洲最大的一场豪赌即将在王泉小镇的赌场里上演。为了招徕来自德维尔和勒图凯的富豪们前来，穆罕默德·阿里集团专门从皇家滨海度假集团租来了玩百家乐和十一点的顶级赌桌。这个由流亡的埃及银行家和商人们组建的集团（据说还纠集了一部分王室资金）对被佐格拉夫和他的希腊合伙人垄断的赌博业以及由此产生的高额利润垂涎已久。对他们来说，眼下正是时候。

得益于不动声色的宣传，一大批来自美洲和欧洲的赌客纷纷提前预订了这个夏天来王泉小镇的行程。看来，这个早已被人们遗忘的小地方又要重拾维多利亚时代的热闹与繁杂了。

拉契夫可能会在——我们对此很有把握——6月15号或稍晚些带着两千五百万法郎的本钱来到这里，他会在百家乐上使尽浑身解数去赢他期待的五千万法郎（顺便再把自己的命赢回来）。

建议采取如下行动：

对于愚弄并干掉这名强力的苏联间谍，不仅我们，其他北约国家同样会很感兴趣。因为这会导致他所负责的共产党工会声名狼藉并一蹶不振——这个拥有五万名成员的潜在力量在战时有能力控制法国北部前沿的广袤区域——使得它的成员失去信仰和凝聚力。当然这一切建立在拉契夫会在赌桌上输得一败涂地的基础上。(特别提醒,暗杀是没有意义的,因为列宁格勒方面会迅速弥补上资金缺口,并把拉契夫追认为烈士。)

因此我们建议从内部挑选一名赌技高超的人,并给他配发必需的赌资,让他在赌桌上击败拉契夫。

这样做的风险是显而易见的,有可能会偷鸡不成反蚀了把米把钱输掉了,但其他可能花费更多的方案(通常是用来对付一些较小的目标),成功的可能性会更低。

如果这个方案得不到认可的话,唯一的选择就是把我们的情报和计划奉送给二处的人或者是美国的CIA。毫无疑问,他们都会大喜过望并欣然接受的。

签名:S

附件一

姓名:拉契夫

绰号:代号先生

籍贯:不明

他最初是在集中营中被发现的,1945年6月美军占领了德国的大豪集中营(位于慕尼黑郊区),将他解救了出来。当时他罹患失忆症和失语症(有假装的嫌疑)。后经治疗,说话功能恢复了,但据他自己说,他对1945年9月(那时他被以无国籍护照 No. 304 - 596 先后转移安置到阿尔萨斯 - 洛林和斯特拉斯堡)之前的事情都不记得了。那时他取了现在的名字(Le Chiffre,意为我不过是护照上的那组数字代号罢了)。没有基督教名。

年龄：四十五岁左右。

外貌特征：身高五英尺八英寸，体重十八英石。肤色苍白，不蓄胡须，红棕色直发。深褐色眼睛，女性化的小嘴巴，镶着昂贵的假牙。小耳朵，但耳垂很大，有犹太血统特征。手很小，保养得很好，手背多毛，小脚。从人种上来说，他应该是地中海、普鲁士和波兰的混血。穿着细致考究，通常着一身双排扣西装。一刻不停地拿着烟嘴抽开普罗（一种法国烟草），还不时地通过吸入器服用苯丙胺。说话不紧不慢，通常说英语或法语，德语也很好，带有马赛口音。很少微笑，从不放声大笑。

生活习惯：生活奢侈却很谨慎。好女色，有施虐癖。擅开快车，惯用小型武器，擅长近身格斗和使用刀具。随身携带三片永丰牌剃须刀片，一片别在帽边，一片藏在左脚鞋跟，还有一片放在烟盒里。精通会计与数学，是个赌场高手。两个衣着得体全副武装的保镖总是如影随形，一个是法国人，另一个是德国人（两人的具体情况我们也已掌握）。

结论：拉契夫是个强悍而危险的苏联间谍，他所属的列宁格勒第三局通过巴黎对他发号施令。

签名：档案管理员

附件二

主题：**SMERSH**（锄奸局）

信息来源：我处档案综合来自二处和华盛顿的 CIA 有限情报。

SMERSH 由俄文单词 Smyert Shpionam 缩合而成,大体的意思就是"间谍之死"。据信,该机构处于贝利亚的直接领导之下,地位要高于内卫军(NKVD)。

总部地址:列宁格勒(在莫斯科设有分部)。

该机构的任务就是除掉苏联遍布国内外的各类间谍组织和秘密警察中间的变节者。它是苏联权力最大也最令人恐惧的组织,据说他们的锄奸行动从未失过手。

据悉,1940年8月22日,托洛茨基在墨西哥被暗杀就是该组织所为,由于此前很多组织和个人对他的暗杀尝试都以失败告终,锄奸局便因此一举扬名。

锄奸局再次为人所知是在希特勒入侵苏联之后。那时,该组织因为在1941年苏军撤退期间清除叛徒和双面间谍而迅速扩充壮大。那时它是作为内卫军的行刑队而存在的,而目前该组织的具体任务并没有那么明确。

战后这个组织经过彻底的清理整顿,目前仅由几百名高级特工组成。他们分属五个不同的组别:

第一组:负责在国内外的苏联机构中的反情报行动。

第二组:行动组,包括锄奸行刑。

第三组:负责行政和财务管理。

第四组:负责侦察、法律工作以及人事管理。

第五组:检举控告组,该组负责对执行对象的罪行裁定。

自二战以来,只有一名锄奸局成员落入我们手中过,名叫葛契夫,又名杰拉德·琼斯。他因为1948年7月在海德公园的南斯拉夫大使馆枪杀一名叫作佩乔拉的医务官而被逮捕。在讯问过程中他吞下藏有浓缩氰化钾的纽扣自杀身亡。他除了很自豪地宣称自己是锄奸局成员外,什么也不肯说。

  我们断定以下英国双面间谍之死均是锄奸局所为:多诺万、哈斯洛普·万、伊丽莎白·杜蒙、梵特诺儿、麦斯、萨瓦林。(具体情况可从资料库 Q 部分查阅到。)

  结论:我们必须竭尽全力地加强我们对这个强大组织的了解,并努力铲除该组织的特工人员。

第三章　代号007

S站(情报处专门负责对苏事务的部门)的头儿非常热衷于这个清除拉契夫的行动计划,该计划基本是由他个人制订的。现在他亲自带着计划书来到了这栋可以俯瞰整个摄政公园的灰色建筑的顶楼,穿过绿色粗呢饰面的门再顺着过道来到尽头的一间。

他大摇大摆地走到M的办公室主任面前。这个年轻人曾经是一名工兵,1944年在参加一次破拆行动中负伤,后来因功提拔成了军情处的一名文职秘书。他的负伤经历并没有让他丢掉自己的幽默感。

"嗨,比尔,我这有些东西要兜售给头儿,现在时机合适吗?"

"潘妮(Penny,与货币单位'便士'同词),你怎么看?"办公室站长转脸问同屋的M的私人秘书。

"便士"小姐虽然与S站站长交往不多,但却早已被他沉稳直白而又意味深长的目光迷得神魂颠倒。

"应该没事的。今早我们刚刚接到国防部的嘉奖,而且接下来的半个小时都没有会见安排。"她眼含鼓励、面带微笑,在她眼里 S 站站长就是才貌双全的代名词。

"这是我的货,比尔。"他把手中的文件夹递了过去,文件夹上标有代表"最高机密"的红星,"看在上帝的分上,呈上去的时候精神饱满一点,并请转告,他考虑的时候我会在外面认真地背密码本。他可能会想了解更多的细节,在他看完之前,你们千万不要打断他。"

"好的,长官。"办公室主任按下按钮,然后弯腰贴近桌面上的对讲装置。

"什么事?"传来的声音安静而平和。

"S 站站长有急件呈交给您,长官。"

里面停顿了一会,然后传出声音来:"拿进来吧。"

办公室主任放下按钮站起身来。

"拜托了,比尔,我在隔壁等你。"S 站长说。

办公室主任走出自己的办公室,打开 M 办公室的那扇双开门走了进去。不一会儿,等他走出来时,门上代表"请勿打扰"的蓝色小灯已经亮了起来。

后来,S 站站长不无得意地对自己的副手说:"计划书中的最后一段发挥作用了。M 说这简直是敲诈勒索,但他显然在认真考虑这个计划,最终他还是同意了。他说,这真是个疯狂的想法,但只要财政部愿意支持还是值得一试的——他认为他们会同意提供资金的。

M还说他将会跟财政部的人说，比起之前我们花了大笔资金去为苏联的上校提供政治避难，几个月后发现那家伙实际上是个双面间谍这件蠢事比起来，我们这个方案还是颇为可行的。他本人非常想除掉拉契夫，而且为此他还物色好了人选。"

"是谁？"副手问道。

"代号00序列的特工中间的某位吧——我猜是007。他很健壮，而M一直担心拉契夫的保镖会制造麻烦。007是牌桌上的高手，不然的话，战前他在蒙特卡洛的赌场也待不了整整两个月。在那里，他的任务就是负责监管我们那些戴着墨镜用隐形墨水传递信息的特工在罗马尼亚执行任务。在来自二处的人的配合下，邦德在赌桌上赢下了整整两百万法郎——在那个时候，那可是不小的一笔钱。"

邦德和M的会晤非常简短。

"邦德，说说你的看法。"M说道。

在进入M的办公室前，邦德已经把S站站长呈上的这份方案仔细读过，站在候客室的窗户前，他望着远处公园里的树沉思了好一会儿。

邦德望向办公桌后面精明的上司，一双炯炯有神的眼睛正望着他。

"非常感谢你，先生，我也乐意去干这件事，但我无法保证一定能赢。牌桌上的胜负都在一念之间，百家乐赌局中尤其如此。我也难免会因牌运不济而输个精光。赌注都押得奇高，有时最低要下注五十万，我想……"

邦德还想接着往下说，但 M 冷峻的目光让他打住了。M 当然知道这些，和邦德一样清楚，百家乐赌桌上瞬息万变。他的职责使他洞悉一切的人与事——他自己的和对手的。想到这儿，邦德真希望刚才自己什么都没说。

"他同样也可能会运衰，"M 开口了，"你会拥有同他一样多的赌资——多达二千五百万。我们先给你提供一千万，等你去熟悉了环境后，会再给你汇去一千万。还有五百万，你可以自己赢嘛。"说到这里，M 笑了起来，"提前几天过去，可以先玩几把适应一下。住宿、交通以及需要什么装备，尽管跟 Q 提。主管会计会安排资金的事情。我会请求二处的人不要插手此事。那里是他们的地盘，只要他们不把此事张扬出去，我们就已经算是走运的了。我会尝试说服他们派马蒂斯去协助你。看起来你跟他在蒙特卡洛的赌场合作得还是挺愉快的。我还会与华盛顿方面取得联系，因为设在枫丹白露的北约联合情报处有一两位中情局的好手。还有什么困难吗？"

邦德摇了摇头，然后说："马蒂斯来帮忙，我当然非常乐意，先生。"

"好吧，那么就全力以赴去把事情办好。如果搞砸了，在别人眼里，我们就是一群蠢猪。这件事可不像它看起来那么简单，拉契夫可不是个容易对付的家伙，你一定要加倍小心。祝你好运吧。"

"谢谢长官。"说完，邦德起身告辞。

"稍等一下。"

邦德重又转过身来。

"我想我应该派个人去掩护你，毕竟多一个人比你孤军作战要好,而且你需要有一个人负责通讯联络。我会仔细考虑人选的,他会和你在王泉小镇接头。你不必担心,我会派个能干的人。"

邦德还是更情愿自己一个人行动,但跟 M 争执是徒劳的。出来的路上,邦德在心里默默期许,派来的人会是个可靠的人,不会笨手笨脚,也不要太富有野心。

第四章　芒茨夫妇

两星期之后，当邦德在金豪酒店的房间里醒来的时候，他的脑海里浮现着几天来发生的事情。

两天前，他按时到达了王泉小镇。不过，没有人试图与他取得联系，他在登记表上签名"牙买加，玛利亚港，詹姆斯·邦德"的时候，也没有引起任何人的怀疑。

M对他的这种伪装没有半点兴趣。

"在牌桌上，一旦你开始盯上拉契夫的时候，你就得盯到底，"他说道，"不过要披上一件伪装，以蒙蔽一般公众。"

邦德对牙买加了如指掌，所以，他要求把身份伪装成牙买加的一个种植园主，父亲以种植烟草和甘蔗发了家，但他却意欲在股市和赌场做个混世魔王。如果有人问起的话，他可以说金斯顿的查理是他的律师，查理会做证的。

之前两个下午和夜晚的大部分时间,邦德都待在赌场,在轮盘赌上玩那种复杂的晋级游戏。每当他听到有人叫牌,他都要摊牌,而且数额很高。如果输了,他还会再追加一次;如果第二次又输了,就不再往下追了。

这样,他大约赢了三百万法郎,他的神经和牌感也得到了彻底的锻炼。对赌场的布局,他已了然于心。更重要的是,他能够在牌桌上观察拉契夫——令他沮丧的是,作为赌徒,拉契夫无懈可击,而且运气也出奇地好。

邦德喜欢丰盛的早餐。洗过冷水浴之后,他坐在窗前的写字台前,看着窗外美丽的蓝天,享受着半品脱的冰镇橘子汁、三份炒鸡蛋、培根还有两杯不加糖的咖啡。接着,他点燃了一天的第一支香烟。这是巴尔干烟和土耳其烟的混合品种,是从莫兰大街的香烟厂专门定制的。他注视着海浪轻轻地舔舐着漫长的海岸,来自迪耶普的捕鱼队在6月炎热的晨曦里一字儿排开,银鸥紧随其后,快乐地追逐嬉戏着。

此时,电话铃声打断了他的思绪,是前台打来的——司腾德电台的主任在楼下等他,带来了他从巴黎订购的无线电台。

"好的,"邦德说道,"请他上来。"

这是一种掩护,是第二处派来与邦德取得联系的联络员。邦德朝着门的方向望去,希望是马蒂斯。

马蒂斯走了进来,一副派头十足的商人打扮,手里拎着个真皮把手的大箱子。邦德喜出望外,正要热情地迎上去,却见马蒂斯皱了皱眉头,用那只闲着的手小心翼翼地关上了门。

"我刚从巴黎来,先生。这是您订购的无线收音机,五个电子管,是超外差式的。我想你应该在伦敦试用过,你从这里也能够接收到欧洲大多数首都播出的广播信号,这儿方圆四十英里内没有一座山脉。"

"听起来还不错嘛。"邦德说道,对这种故弄玄虚扬起了眉毛。

马蒂斯没有理睬,他打开包裹,把无线电放在壁炉下还未开启的电炉旁。

"刚过十一点,"他说道,"我想罗马的电台应该在播放天籁乐团的歌,他们正在欧洲巡演。我们来看看收音效果如何。"

他眨了眨眼睛。邦德注意到,他已经把音量调到了最大,红色的灯光表明,长波波段正在工作,但是无线电还是没有声音。

马蒂斯在无线电的后面捣鼓着。突然间,一阵刺耳的静电声充斥了这个小小的房间。马蒂斯盯着无线电看了一会儿,然后关上,一脸失望地说:"亲爱的先生,请原谅我,调不好。"他又一次弯腰拨弄旋钮。经过几次调整,空中传来了响亮的法语歌声。马蒂斯走上前来,在邦德的背上重重地击了一掌,紧紧地攥着他的手,把邦德的手指弄得生疼。

邦德朝他报以微笑。"现在又是怎么回事啊?"他问道。

"我亲爱的朋友,"马蒂斯高兴地说道,"你暴露了,你暴露了,你暴露了,就在上面。"他指了指天花板,"此刻,芒茨先生和他谎称患流感卧床不起的妻子,都听不见了,绝对听不见了。我猜他们这时候一定急得抓狂。"

邦德紧锁着眉头半信半疑。马蒂斯却高兴地咧着嘴。

马蒂斯在床沿上坐了下来,用大拇指的指甲撕开一包烟。对自己的话所产生的效果,马蒂斯很是得意,开始变得正经起来。

"这件事怎么开始的,我也不知道。但在你到达之前,他们一定已经盯上你了。对手就在这里——你的头顶上,聚精会神地监视着你——就是芒茨一家。芒茨是德国人,他的夫人来自中欧某个地方,也许是捷克吧。这是一座老式酒店,在这些电炉的后面,有个废弃不用的烟囱。就在这里,"他指着电炉上方几英尺的地方,"悬挂着一个功能强大的无线电接头。电线顺着烟囱一直通到芒茨家的电炉后面,那儿有一个放大器。在他们的房间,有一个录音机,还有一副耳机,芒茨夫妇轮流使用。芒茨夫人'患流感'在床上用餐,芒茨先生因而始终伺候身边,而不去享受阳光和度假胜地赌博的乐趣,原因都在于此。

"其中一些,我们早已掌握,因为在法国我们不是吃素的。其他的,是在你到达之前几小时,拆开你的电炉才证实的。"

邦德怀疑地走向前去,仔细地查看把面板固定到墙上去的螺丝,其上的槽口显示出些许划痕。

"我们再来背一段台词吧。"马蒂斯边说边走到无线电跟前,无线电还在放送着歌曲。他关掉了无线电。

"满意了吗,先生?"他问道,"你注意到,他们的目的是多么明显。难道他们不是最好的组合吗?"他的右手大大地挥舞了一圈,扬起了眉头。

"他们真的太棒了,"邦德说道,"我想听到节目的剩余部分。"想到芒茨夫妇一定在他们的头顶上交换着愤怒的脸色,他咧着嘴笑了,"机器感觉很棒,正是我一直在寻找,要带回牙买加的那种。"

马蒂斯讽刺地做了一个怪脸,又打开无线电,回到罗马的节目。"你和你的牙买加?"他说道,又在床沿坐了下来。

邦德朝他皱着眉头。"算啦,牛奶翻了,哭也无用。"他说道,"我们本来也不指望伪装很久,但是没想到,这么快就被他们识破了,真是令人担忧。"他在脑海里搜寻线索,但是枉然。难道说俄罗斯人破译了我们的密码?如果这样,他倒不如卷起铺盖回家,因为他和他的工作已经赤裸裸地暴露了。

马蒂斯似乎读懂了他的想法。"不可能是密码,"他说道,"无论如何,我们立刻向伦敦汇报,他们也将马上改变密码。我所能告诉你的是,我们已经引起了对手的注意。"然后,他正色道,"在这个音乐节目结束之前,我们必须把正事交代完毕。"

"首先,"他深深地吸了一口烟,"你将对你的二号非常满意。她很漂亮(邦德皱了皱眉头),真的很漂亮。"马蒂斯对邦德的反应非常满意,于是继续说道,"她黑头发,蓝眼睛,身材嘛……嗯……前凸后翘。"他添加道,"她是个无线电专家,虽然有些性感,却是司腾德电台的最佳雇员,也是这个夏季我在这里做无线电销售员的得力助手。"他咧着嘴笑了笑,"我俩都住在这座酒店,这样,你的新无线电出故障的话,我的助手马上就会出现。所有的新机器,即使是法国制造,在头两天都会出现种种棘手的问题,有时会在晚上。"说完,他夸张地眨了眨眼睛。

邦德一点也不感觉有趣:"他们给我派来了一个女人,为什么?"他痛苦地说道,"他们认为这是在搞野餐派对吗……"

马蒂斯打断了他:"冷静点,我亲爱的詹姆斯。如你所愿,她是个非常严肃的人,或者说冷若冰霜。她可以说一口地道的法语,对自己的工作职责很清楚。她伪装得很好,她与你配合,真是珠联璧合。作为一个牙买加的百万富翁,在这里泡上一个漂亮的姑娘,不是很自然的事吗?"他咳了一声,接着说道,"一个热血沸腾的男人的身边,如果没有一位妙龄女郎陪着,很容易让人起疑心。"

邦德疑虑地嘟哝着。

"还有别的惊喜吗?"他怀疑地问道。

"没有了,"马蒂斯答道,"拉契夫住在自己的别墅里,离滨海路大约十英里。他有两个贴身保镖,个个能力非凡。有人看见,其中一个曾经去过镇上的一个慈善公寓。就在两天前,那里住进了三个可疑的人,他们也许跟拉契夫是一伙的。他们都持有有效的证件——无国籍的捷克裔。但是据我们的一个人报告,他们在房间里说的是巴尔干语。在这里,巴尔干人并不多见。他们多半是被雇佣来对付土耳其人和南斯拉夫人的。他们没有头脑,但很听话。俄罗斯人利用他们来打打杀杀,有时把他们拿来当掩盖罪行的替罪羊。"

"多谢。对了,介绍一下我们的人手吧。"邦德问道。

"我不便久留,午饭前,到隐士酒店吧台去一下,我来做个介绍。今天晚上你要邀请她共进晚餐,之后,你们便可以名正言顺地一起出入赌场。我也会在那儿,不过不是在赌桌上。我们还会有一两个高手在暗中保护你。哦,还有一个叫菲利克斯·莱特尔的美国人,也住在这个酒店,他是联邦调查局驻枫丹白露的人,他看起来还行,没准能帮得上忙。"

突然,从地上的无线电中蹦出一阵意大利语。马蒂斯把无线电关闭,随后他们假装谈论无线电以及如何支付的事,然后是热情洋溢的告别。马蒂斯眨了眨眼,退出房间。

邦德坐在窗前,整理着思绪。马蒂斯告诉他的事,没有一件是确定的。唯一确定的是,他完全暴露了,受到了真正的专业监视。也许在他还没来得及跟拉契夫在牌桌上叫板前,他就已经不知所终了。杀个把人,对俄罗斯人来说,眼都不会眨一下。想到又来了个拖后腿的女人,他叹了口气。女人嘛,不过是用来消遣的。让她们工作,只会碍手碍脚。跟她们打交道只会让事情变得更加复杂,性、情感伤害以及由此带来的感情负担会让人一头雾水。而且,还得处处体贴照顾她们。

"妈的。"邦德说道,接着他又想起了芒茨夫妇,于是又大声地说了句"妈的",走出了房间。

第五章　琳达小姐

邦德离开金豪酒店的时候,刚好是中午12点——镇政府的大钟正缓缓送出连绵的报时声。空气中弥漫着浓郁的松树和含羞草的芬芳,赌场对面的花园刚刚被浇灌过,整齐的石子砌成的花坛和小路点缀其中,整个景象看上去非常适宜上演芭蕾舞剧而不是通俗剧。

阳光明媚,空气中洋溢着欢乐和生机,似乎预示着新风尚、新气息的到来。这个海滨小镇,历经沧桑,又重新焕发生机。

王泉小镇位于索姆河口,那儿,平坦的海岸线从南皮卡迪海滩一直延伸至布里塔尼峭壁,然后通往勒阿弗尔。与邻镇特劳特维尔一样,王泉小镇历史悠久。

王泉小镇起初也是一个小渔村,第二帝国时期发展成一个时尚的海滨胜地,和特劳特维尔一样声名鹊起。但是,正如德维尔湮没了特劳特维尔,经历了长时期的衰败之后,勒图凯的崛起也湮没了王泉小镇。

20世纪初,就在每况愈下之时,小镇的命运却突然发生了转机。人们开始喜欢上把娱乐与"治疗"结合在一起。在王泉小镇背后的群山上发现了天然的温泉,它富含一种稀释硫,对肝病有着良好的疗效。由于法国人或多或少都有肝的毛病,所以,王泉小镇就迅速变成了温泉疗养地。而鱼雷形状的瓶装水"温碧泉"也就理所当然地被当作佳品,堂而皇之地进入了饭店和酒店。

然而好景不长,由于其他几种品牌如维希、比埃尔和维特强有力的联合竞争,以及招惹了一连串诉讼,导致本地人损失惨重。很快,"温碧泉"也名声扫地、一蹶不振。小镇的收入,现在主要依赖英法游客前来避暑消夏,到了冬天只能靠出海捕鱼,还有就是来自勒图凯破败的赌场牌桌上的收益。

但是,王泉小镇赌场也有过辉煌,带有浓烈的维多利亚时代的优雅和豪华。1950年,小镇获得了巴黎一个财团的青睐,这个财团握有一大笔属于流亡海外的维希派的资金。

战后,布莱顿、尼斯获得了新生,对黄金时代的怀旧之情也极有可能让王泉小镇再次富足起来。

于是,赌场重新被刷成原来的颜色:白色和金色。房间也被装饰成浅灰色,并且配上了酒红色的地毯和窗帘,硕大的枝形吊灯从天花板上垂吊下来。花园修葺一新,喷泉也再次活跃起来。两家主要酒店,"金豪"和"隐士",经过重新粉饰,还招募了新的员工。

甚至,这个小镇和古老的港口也重新展露容颜。因为租金被免除,大街上有名的巴黎珠宝店和女装店随处可见,热闹非凡。

于是有人劝诱穆罕默德·阿里财团,在赌场举办一场大赌局,王泉小镇海水浴场协会认为,是时候让勒图凯把多年来从这儿抢走的风头还回来了。

邦德伫立在阳光下,望着这个光鲜闪亮的舞台,觉得自己的使命对比眼前这一切显得多么突兀,他的身份与这些是多么格格不入。

他尽量驱逐这种突然袭来的不安之感,绕到酒店的后面,沿着斜坡走到车库。在去隐士酒店之前,他决定驱车沿着滨海路,迅速地察看一下拉契夫的别墅,然后沿着内陆公路返回,直到穿过通向巴黎的道路。

邦德对他的爱车钟情至极。这是辆阿默斯特工厂生产的最后一款4.5升宾利车,带有增压器。他在1933年购买的时候几乎全新。即使在战争期间,他都不忘细心保养。现在,车子都会交由他切尔西公寓附近一个修理厂的资深员工精心保养,此人曾经是宾利汽车厂的专业机械师。每次驾着它飙车,总会给邦德带来无穷的乐趣。这是一种军舰灰的带折篷轿车,时速可达九十英里,最高能飙到一百二十英里。

邦德缓缓地把车开出车库,爬过斜坡。很快,那个两英寸的排气管发出了砰砰的轰鸣声,只见它驶过绿荫大道,又穿过小镇的拥挤大街,越过沙丘,然后消失在道路通往南部的天际。

一小时之后,邦德出现在隐士酒店的酒吧里,他挑了个靠窗的桌子坐下。

这里装饰极尽奢华,充斥着阳刚之气的装修风格,再加上名贵木材制作的烟斗和几只名犬的点缀,尽显法国式的豪华气派。家具都是由光亮的桃心木和镶有黄铜饰品的上等皮革制成的,窗帘和地毯是宝蓝色的。服务生穿着条纹背心及绿色围裙。邦德要了一杯美式咖啡,打量着酒吧里穿着考究得有些过了头的顾客。男人们一瓶接一瓶地喝着香槟,女人们则喝着马丁尼。他们津津有味地热烈交谈着,营造出一种颇为戏剧感的交际氛围。他猜,他们大多数来自巴黎。

"我喜欢喝这里的干红。"旁边桌上一个长着漂亮脸蛋的女子眉飞色舞地对她的男伴说道。他规整地穿着不合时令的粗花呢大衣,手里握着一根福尔摩斯式的文明杖,一双水汪汪的褐色眼睛望着她答道:"当然啦,这是戈登牌的。"

"好了,黛茜。但你知道。一片柠檬皮……"

即使是透过窗户,邦德还是一眼认出了人行道上身材高大的马蒂斯,他的脸饶有兴趣地转向身穿灰色衣服的黑发姑娘。两人相携而行,但总让人感觉有些貌合神离。邦德远远地看着姑娘的侧影,她透着一股高傲的冷漠,这使他们看起来像是两个互不相干的人,而不是一对恋人。邦德等待着他们推门进来,但为了不引起他人注意,他故意继续盯着窗外来往的路人看。

"是你吗?是邦德先生吗?"身后响起马蒂斯满带惊喜的声音。邦德也故作惊讶,站起身来。"就你一个人吗?你在等人吗?请允许我介绍一下我的同事——琳达小姐。亲爱的,这位就是来自牙买加的邦德先生。今天早晨,我有幸同他做成了一笔生意。"

邦德向前友好地欠了欠身子。"非常荣幸,"他对姑娘说道,"我就一个人坐坐,二位愿意一起坐会儿吗?"他拉出一把椅子。落座后,邦德招呼服务生过来,坚持要请他们喝点什么,最后,马蒂斯点了矿泉水,姑娘则要了巴卡迪香槟。

马蒂斯和邦德兴致勃勃地谈论着当地晴好的天气以及小镇日益繁荣的美好前景。姑娘坐着,一言不发。她接过一支邦德递给她的烟,看了看,然后点上,动作得体而优雅。只见她轻吸一口,而后悠然地让烟从唇齿间和鼻孔里溢出来。举止从容大方,不见一丝一毫的做作。

邦德被她身上散发的魅力深深地吸引了。在与马蒂斯谈话的时候,他不时地把脸朝向她,以免冷落了她。只是每看一眼,对她的好感就加深一分。

她一头剪得整整齐齐的乌黑短发低垂到脖颈,和线条清晰而美丽的下巴一起勾勒出她秀美的面部轮廓。浓密的秀发,随头部的摆动而飘动,但她并不刻意地把它抚回原处,只由它顺其自然地搭着。一双深蓝色的大眼睛,直率地回望着邦德,带着一丝高傲的冷漠。这冷漠让邦德感到莫名的愤懑和些许的难过。她的皮肤被日光晒得微黑,除了那张性感的大嘴上略施的唇红,遍寻不见化妆的痕迹。她裸露的手臂光滑细腻。外表优雅而举止从容有度,这从她修剪得很短但却没有染色的指甲上都能看得出。颈上戴着一条黄金项链,右手的无名指上戴着一枚宽边黄宝石戒指。她身着灰色丝质中长裙,内衬一件紧身抹胸,使她诱人的胸部曲线显露无遗。多褶的裙摆上绣着花卉图案,颇像一朵倒着开的花,从她纤细却并不显羸弱的腰间盛放开来。一根手工缝制的三英寸黑色皮带系在腰际。脚上穿着一双方头黑皮鞋。旁边的椅子上放着一只手工制作的黑色手提包,还有一顶金色的宽边草帽,一条薄薄的黑色天鹅绒缎带绕在帽冠一周,在后边还打了一个短结。

邦德被她的美貌深深吸引,而她的冷傲更让他欲罢不能。想到将要和她一起行动,他有些兴奋难耐。潜意识里,有一个声音在提醒自己要克制住这种不理智的冲动。

马蒂斯已经注意到了邦德的重重心思,过了一会,他站起身来。"对不起,"他对姑娘说道,"我要给迪本斯打个电话,预约一个今天的晚餐会面,晚上让你自己照看那些装置,你不介意吧?"

她摇了摇头。

邦德心领神会,当马蒂斯穿过房间走到吧台旁的电话亭时,他说道:"如果你今晚一个人,愿不愿意与我一起吃个饭?"

她终于会意地笑了。"非常愿意,"她说道,"然后,也许我可以陪你同到赌场去,听马蒂斯说你精通赌博,说不定我能给你带来好运。"

马蒂斯走了之后,她对邦德的态度突然温和起来。她似乎知道,他们是一个团队。当讨论到他们约定的碰头时间和地点时,邦德发现,与她一起制订行动计划还是颇为顺利的。他感到,她对她的角色和任务很感兴趣,也很激动,她将会心甘情愿地与他一起工作。他原本设想需要克服许多障碍,然后才能与她建立起一种关系。但现在,他发现可以直奔正题地跟她交流工作。他清楚地知道,自己对她的态度十分虚伪。她是女人,他想跟她上床,但是只能在完成工作之后。

马蒂斯回到桌旁之后,邦德开始付账单。他解释道,朋友在酒店等他一起吃午饭。告别时,当他握住她的手,他感到他们之间有一种关爱和理解的温暖之情,而仅仅在半小时之前,这简直是不可能的。

姑娘目送着邦德离开酒吧一直到他消失在林荫大道上。

马蒂斯挪动椅子靠近她后轻轻地说道:"他是我的一个非常要好的朋友,我很高兴你们相识。我已经感觉到,两条河流之间的浮冰已经被打破。"他笑道,"但我不认为邦德已经被融化,这对他对你都会是一种新的体验。"

她没有直接回答他。

"他相貌堂堂,使我想起了霍格,但是他总有那么点冷漠和无情……"

话还没来得及说完,突然间,他们身边几英尺远的整个平板玻璃窗瞬间被震得粉碎。一个剧烈的爆炸声,就在附近,产生的冲击波使他们在椅子上朝后晃去。接着是死一般的沉寂。有些物体飞到了外面的人行道上。吧台的后边,饮料瓶从货架上摔落下来。然后就是尖叫声,以及涌向大门的喊叫声。

"待着别动。"马蒂斯说道。

他把椅子踢到身后,翻身跃过空荡荡的窗框,冲到了人行道上。

第六章　有惊无险

邦德离开酒吧之后,故意沿着靠林荫大道一侧的人行道走向酒店,那是大约几百码远的距离。他饿了。

天气仍旧很好,虽然这时阳光下已经很热,但是人行道和宽阔的柏油路之间的悬铃木(紧贴草地边缘种植,两树间之间距二十英尺)却提供了凉爽的阴凉地。

外边行人稀少,林荫大道对面,有两个男子静静地站在树下,看上去和周遭的环境格格不入。

邦德注意到他们的时候,离他们还有一百码远,正好是他们离金豪酒店大门的距离。

他们的出现,多少有些扎眼。两个人的个头都不高,穿着也一样,都是深色西装,让人看着都觉得热。看他们的模样,像是在等着坐公交去戏院表演的杂技演员。两人各戴一顶那种箍着黑色带子的草帽,也许是为了迎合景点的欢乐气氛吧。树荫和帽檐的遮挡,使得他们的面孔很难被看得清楚,感觉似乎一抹鲜艳的颜色就能把这两个矮小的黑影照得通亮。两人的肩上,都斜挎着方形的照相机盒。

而且,一个相机盒是亮红色,另一个是天蓝色。

邦德注意到这些细节的时候,离他们只有五十码的距离了。他在考虑各种武器的射程,以及出现极端的意外事件时进行防护的可能性。

挎红色相机盒的人似乎对他的同伴微微地点了点头,后者迅速取下他的蓝色相机盒。由于身旁的悬铃木树干恰好挡住了视线,挎蓝色相机盒的人向前弯了弯腰,好像在摆弄着相机盒。一个耀眼的白光一闪,紧接着就是一声震耳欲聋的巨大爆炸声。尽管有树干的保护,邦德还是被一阵热浪掀倒在地,脸颊和肚皮像是纸糊的一样,产生了深深的凹痕。他躺在地上,脸朝上望着太阳,周围的空气似乎还响着爆炸声,就像钢琴的低音部被人用大锤敲打过一样。

他神志不清,呈半昏迷状态,勉强用一只腿支撑着跪起身来。一阵肉雨和浸满鲜血的碎布条,夹杂着树枝和碎石落在了他的身上和身边,然后又是一阵小树枝和树叶。周围传来了玻璃落地发出的尖锐的哗啦声。天空中,升腾起一朵黑色的蘑菇云。邦德朦胧中看见,蘑菇云渐渐地消散了。空气中弥漫着浓烈的火药味和燃烧木块的污秽气味,当然还夹杂有似曾相识的羊肉烧烤的味道。沿林荫大道五十码的范围内,树叶被烧得精光,树木成了焦炭。对面,有两棵树从根部被截断,一动不动地横倒在路上,它们之间还有一个大坑在冒着烟。那两个戴草帽的人呢,几乎什么也没有留下,只是在路上、在人行道上、在树干上,还残留着一些红色的痕迹。在高高的树枝上,还有一些耀眼的碎片。

邦德此时只想呕吐。

首先赶到现场的是马蒂斯,那时,邦德已经站了起来,双手抱着那棵救了他性命的大树。

从强烈的震撼中清醒过来,发现自己并无大碍,邦德让马蒂斯领着自己朝金豪酒店走去。那里,客人们和仆人们纷纷跑了出来,个个面带惶恐地交谈着。当远处传来救护车和消防车的铃声时,他们已经挤过人群,爬上楼梯,走在通向邦德房间的走廊上了。

马蒂斯在壁炉前停下,打开了无线电,当邦德脱下血迹斑斑的衣服时,他迫不及待地抛出了一连串的问题。在问及那两个男子的容貌和举止时,马蒂斯拿起了邦德床边的电话。

"……告诉警察,"他说道,"对他们说,那个被爆炸撂倒的来自牙买加的英国人的事由我来处理。他没有受伤,他们不要为他担心,我半小时后会向他们解释。告诉他们在应付媒体时,就说这显然是两个保加利亚共产党人之间的仇杀,一个用炸弹炸死了另一个。他们不需要谈论那第三个保加利亚人,他现在一定藏身某个地方,但是要他们一定不惜代价抓住他。他肯定要逃往巴黎,要处处设卡,懂了没有?再见,祝你好运。"

马蒂斯转向邦德,听他把话说完。

"妈的,你真走运,"邦德说完后他说道,"显而易见,炸弹是针对你的,一定是没弄好。他们原来是想把炸弹扔出去,然后躲到树的后面,但没想到事与愿违。不要介意,我们会调查清楚的。"他停顿了一下,"但是这件事确实有些蹊跷,他们这回是真想要你的命。"马蒂斯一副被惹恼了的表情,"但是,这些保加利亚亡命之徒是怎么躲过盘查的呢?那一红一蓝两个盒子又有什么意义呢?我们必须找到那个红色盒子的碎片。"

马蒂斯啃着指甲,很激动,两眼发光。这件事已经变得难以对付,颇有戏剧性,从许多方面来看,他已无法置身事外了。当然啦,这已经不再是在赌场,而是邦德要与拉契夫单挑决斗,他要能保证邦德心无旁骛地投入战斗。马蒂斯噌地一下站起身来。

"现在,去喝一口,吃点午饭,休息一会。"他用命令的口气对邦德说道,"我现在得马上着手调查此事,不然警察的大靴子会把现场的痕迹搅得一塌糊涂。"

马蒂斯关掉无线电,嘱咐他恢复好身体后告别离去。门砰的一声关上,房间一片沉寂。邦德在窗前呆坐了一会儿,庆幸自己还活着。

后来,当邦德喝完自己第一杯加了冰块的威士忌,正在打量服务生刚刚摆上来的猪肝糜和龙虾的时候,电话响了。

"我是琳达小姐。"

声音低沉焦急。

"你还好吗?"

"好,很好。"

"那就好,请照顾好自己。"

她挂上了电话。

邦德摇了摇头,接着,拿起刀来,向热气腾腾的吐司最厚的部分切了下去。

他突然想到:那两个人都死了,而我的身边还有一个。这才是开始。

他把刀放进斯特拉斯堡瓷水壶的旁边的热水杯里,想起自己应当付给服务生双倍小费——这一餐很特别。

第七章　牛刀小试

赌局几乎会持续一夜,邦德想,他得让自己彻底地放松下来。于是他点了3点钟的按摩服务。用完午餐后,他呆坐在窗前,凝视着外面的大海,过了一会儿,按摩师敲门进来了,他介绍自己说是瑞典人。

他不声不响地开始给邦德按摩,从脚到脖子,消融了他体内的紧张并让僵硬的神经得以放松下来,甚至他左肩和身体左侧的瘀伤也不再抽痛了。按摩师走后,邦德便坠入了沉沉的梦乡。

傍晚时分,他醒来时感到一身轻松,冲了个凉水澡后,他便步行前往赌场。从之前的晚上到现在他都状态低迷,他必须让自己重新聚精会神起来找回状态。只有在平心静气的状况下,他才能够充分地运用推算和直觉,他清楚这种状态是任何一个赌场赢家所必需的。

邦德是个地道的赌徒,他喜欢洗牌时发出的唰唰声,以及冷眼旁观围坐着的赌客们不动声色间演出的循环喜剧所带来的快感。他喜欢置身于赌场装饰整洁、考究、舒适的包间里面,惬意地坐在软包的座椅上,身边的侍者有条不紊地端上一杯香槟或威士忌放在肘边。他深知看似公平的轮盘赌球和纸牌有它们永恒的偏见。他喜欢这种既当演员又当观众的感觉——端坐在自己的座位上去参与别人的表演并影响他们的决定,而后会轮到他来做决定,说出那关乎输赢的"是"或"否"——总体来说,这概率在五五开。

最重要的是,他有愿赌服输的心态。他认为不管输还是赢没有什么可以抱怨的,人要主宰运气,而不是做运气的奴隶。运气差的时候就坦然一点接受,而运气好的时候也一定要充分利用,但有一点必须充分认识和理解到,就是不能过分依赖运气。在他看来,一个赌徒,最致命的失误就是把糟糕的赌技误认为是自己的运气差。但一旦坏运气降临时,和其他人一样,他也会怀疑自己,也不得不接受厄运的降临:愿赌服输。

但是在这个6月的晚上,当邦德穿过赌场的大厅来到包间时,他却感到胸有成竹、满腹乐观。他把一百万法郎的现金换成了一堆五万面值的筹码,然后在轮盘赌1号桌边找了个紧邻牌监(赌桌监督,相当于裁判员——译者注)的位置坐了下来。

由于赌局下午3点就已经开始了,邦德便借了牌监的记录卡在一旁仔细地观察轮盘赌球的走势,这是他的习惯,尽管他明白每次轮盘的转动以及球最终会进哪个槽与前一次完全没有关系。每次赌局开始前,荷官(负责管理赌局的赌场职员——译者注)用右手拿起象牙球,然后用同一只手抓住轮盘上四个手柄中的某一个,用适当的力气让它按顺时针方向转动,接着是第三个动作——仍然用右手将球沿着轮盘的外沿反向抛出,使它逆时针滚动。

显然,这些程序的操作和被安装调试了多年的轮盘、标号槽以及轮轴使得无论是荷官的操作技术还是轮盘的任何缺陷都无法影响球的落点。对于轮盘赌的玩家来说,认真记录每局的结果并注意到轮盘旋转任何一点异常情况是一种传统。对于邦德来说,尤其会这样做。举例来说,值得注意的情形会是:例如球两次停在了同一个数槽里面,或有连续超过四次落在了偶数槽里面。

邦德并不是个墨守成规的人,但他相信,赌博时投入的精力和心思越多,得到的回报也会越多。

仔细研究了这桌的记录后,邦德发现,在三个小时的时间里,球很少落在从 25 到 36 这十二个数字上。他有个习惯,在 0 出现之前,是不会改变既有的投注模式的,于是他决定在 1—12,13—24 这两个数字段上都押了最高注——每注十万法郎,这样只要每次数字都小于 25 的话,他就能赢十万法郎。

如此这般,七盘下来,他赢了六次,只有第七盘,30 出现了,他输了一次。这样他已经净赢了五十万法郎。第 8 盘他选择了不下注,而这时 30 出现了,他算得真准。于是他决定改投 1—12 和 25—36,十盘中有两次落在了 13—24 区间,这让他损失了四十万法郎,但已经有一百一十万法郎装进了腰包。

邦德从一开始就下了最高注,这让他引起了全桌人的注意,由于他看上去手气不错,一些人开始跟着他下注。邦德注意到坐在他对面的一个看上去像美国人的人,表现出对他异乎寻常地友善并对自己的收获非常满意。隔着桌子,他冲着邦德送出了好几次微笑,种种迹象显示他在抄袭邦德的投注,他那两注各为一万法郎的筹码都投在邦德的大筹码旁边。当邦德起身时,他也推开椅子并隔桌高兴地跟邦德打招呼:

"沾了你不少光,想请你喝一杯,不知能否赏个脸?"

离开时他分别给荷官和帮他移开座椅的门童一万法郎和一千法郎作为小费。

邦德预感这个人可能就是中情局的人,在他们结伴前往酒吧的路上,他的预感得到了验证。

"我叫菲利克斯·莱特尔,"美国人说,"很高兴认识你。"

"我叫邦德——詹姆斯·邦德。"

"啊,太好了,"对方说,"我们该好好庆祝一下。"邦德坚持要请莱特尔喝一杯岩石牌威士忌。他认真地看着服务员说:

"一杯马蒂尼鸡尾酒,用深红的香槟高脚杯盛。"

"好的,先生。"

"等一下,把三份高登、一份伏特加和半份基纳加在一起,充分摇匀并冰镇后再加一大块柠檬切片,明白了吗?"

"明白,先生。"侍者对这个主意很感兴趣的样子。

"哈哈,这杯鸡尾酒肯定很够劲儿。"莱特尔说。

邦德笑了起来,说道:"晚餐前我最多只喝一杯酒,但这杯酒必须足够多,要够劲儿,要透心凉,当然也要用心调制的。我不喜欢喝小份的东西,尤其是味道不佳的酒,这种酒是我的独创,如果我能想到合适的名字,我就会给它申请专利的。"

他目不转睛地看着高脚杯,随着金黄色的酒的注入,杯壁上结了一层霜粒般的水珠,当调酒师调制时,杯中开始微微起沫。他拿起杯子深吸了一口。

"棒极了,"他对服务员说,"但要是你们酿制伏特加的原料是谷物而不是土豆的话,你会发现味道更好。"

他转过头用法语和服务员聊了些题外话。

莱特尔还是对邦德调制的鸡尾酒兴趣不减。"你对酒真是太了解了。"他饶有兴趣地一边说,一边和邦德端着酒杯往一个安静的角落走去。

莱特尔降低了说话的调门:"鉴于你今天下午的那一遭,可以把这个酒命名为莫洛托夫鸡尾酒。"

他们坐了下来,邦德会意一笑。

"我看到被画了叉字的爆炸地点,现在已经被警察用绳子隔离开,车辆都从人行道绕行,希望这样做不会打草惊蛇。"

"人们会认为这是共产党干的,要么他们会认为不过是输气管道爆炸罢了。今晚所有被损毁的树都会被移走,明早便不会再有混乱的景象了。"

莱特尔从烟盒里拿出一支切斯特菲尔德牌香烟,说:"非常高兴跟你一起合作。"他看着杯子里的酒,接着说,"尤其让我高兴的是你没有被炸飞而殉职。我们的人对此次行动非常感兴趣,认为这个计划非常可行,实际上华盛顿的长官们很恼火为什么不是由我们来负责这起行动。我希望你们伦敦总部也是这样想的。"

邦德点点头,坦承道:"我们先行一步,确实招来不少嫉妒。"

"不管怎样,我听您的调遣,有什么需要只管吩咐。有马蒂斯和他的人在,很多事情你可以高枕无忧了,但请把我也考虑在内。"

"非常高兴有你并肩作战。"邦德说,"对方已经盯上我了,并且很可能也知道了你和马蒂斯的底细,我们的计划对于对方来说已经没有什么秘密可言了。值得高兴的是,拉契夫确如我们想象的那样身陷绝境。目前看来没有什么具体的任务交给你来做,但我会非常乐意看到你在赌场四周多走动走动。我有一个助手——琳达小姐,开赌之后,我希望由你来陪伴她。你肯定不会觉得丢面子的,她可是个大美女。"他笑着对莱特尔说,"你要注意一下拉契夫的保镖的举动,谁也不敢保证他会不会动粗。"

"这个我可以派上用场,"莱特尔说,"在加入 CIA 前,我是海军陆战队队员,希望这会对你有用。"他言语中略带自嘲。

"肯定有帮助。"邦德说。

莱特尔说他来自德克萨斯。接着他谈到他所参与的北约联合情报处的工作,并谈到在一个代表众多国家的组织内部从事安保工作的困难。邦德边听边想,高素质的美国人确实非常优秀,而他们中的大多数似乎都来自德克萨斯。

菲利克斯·莱特尔大约三十五岁,瘦高个儿,一身棕色的轻质西装穿在身上颇有些明星范儿。他看上去慢条斯理,但总给人感觉他会是个速度与力量兼备的勇猛斗士。当他俯身坐在桌旁时,看上去像一只猎鹰。他的脸庞、瘦削的下巴与双颊以及宽阔的嘴唇都会给你留下这种明显的感受。一双灰色的眼睛中透着机警,当他从系着链子的烟盒中拿出切斯特菲尔德香烟,一边叭叭地抽着,一边透过烟雾去观察周边的时候,尤为明显。他眼角的皱纹让人感觉他的笑容来自眼睛而不是嘴巴。黄褐色的头发散乱地垂到面部,会让人感觉他有些稚气未脱,但若是仔细观察,却会发现并非如此。聊天时,他对自己巴黎的工作毫无保留,但邦德很快发觉他对自己欧洲或华盛顿的美国同行的事只字不提。邦德想,在莱特尔心中,自己组织的利益要高于北约联盟的利益。对此,他可以理解。

莱特尔又喝了一杯威士忌,邦德跟他说了芒茨夫妇监听他的事以及他早上沿着海岸侦察到的情况。这时已经7点半了,他们决定一起往酒店走。在离开赌场前,邦德已经把他总共两千四百万法郎的赌资都存在了柜台,只留了几万法郎现钞零用。

在步行去金豪酒店的路上,他们看到一群工人正在爆炸现场忙碌,几棵树被连根拔起,三辆市政洒水车正在清洗主干道和人行道。爆炸产生的弹坑已经被填平。旁边偶有几个路过的行人会停下来观看。邦德想,旁边的修道院和临街的商店以及其他建筑一定也经过了类似的修缮,爆炸把它们的玻璃都震碎了。

在这氤氲的暮色薄雾中,王泉小镇又恢复了她的安静与平和。

当他们快到酒店时,莱特尔问道:"你认为这儿的门童在为谁干活?"邦德说他也不清楚。

马蒂斯曾经提醒过他:"除非你已经收买了门童,否则你就当作他已经被对方收买了。所有看门人都会被人收买的,这倒也不是他们的错,因为在培训时,他们便会被教导把每个客人当作会坑蒙拐骗的人,对其严加防范,除非他是印度的王公贵族。"

果不其然,一个门童殷勤地跑过来,问他是否已经从下午的意外中恢复过来。想到了马蒂斯的话,邦德决定将计就计,回答说,他现在仍然感到有些眩晕。他心想要是这个消息能传到拉契夫的耳朵里,他肯定会误以为邦德无法在晚上的赌局中集中精力的。听了邦德的话,门童礼貌地祝愿他早日康复。

莱特尔的房间在楼上,约定好晚上 10 点半至 11 点在赌场会面后,他们在电梯口告别了。他们约定的时间正是高额投注将要开始的时间。

第八章　美酒佳人

邦德回到房间,发现并没有被人翻动的痕迹。他脱下衣服扔到一旁,先泡了个热水澡再用凉水冲淋一遍便躺在了床上。离跟琳达约定在金豪酒店的酒吧见面的时间只剩下一个小时了,在这一个小时里,他得修整一下并审视自己为赌局所作准备的每一个细节,并为最后的输或赢会产生的各种后果做好预案。他得事先安排好马蒂斯、莱特尔和这个女孩的角色,要预见到在各种状况可能发生时对方的反应。一闭上眼睛,他的脑子里便呈现出在精心构想的背景下该如何处置的想法,这种感觉就像是透过万花筒看里面变幻多端的几何图形一般。

在8点的时候,他已经把他和拉契夫的赌局可能导致的各种后果都想了一遍。他起身把衣服穿好,同时把自己的思绪清空。

他扎了条薄薄的、双头的黑色丝绸领带,在镜子前站定,仔细地检查了一下自己。灰蓝色的眼睛里透着镇定,带着些许嘲讽与疑惑的神情。一绺短发飘忽地垂到右眼睑上方,呈现出一个浓浓的逗号模样。脸颊上一道浅浅的竖疤让他看起来颇有几分硬汉气概。虽然比起霍格还差了点,邦德这样想。他拿出一个扁平的金属烟盒,里面装了五十支英阑牌香烟。他又想起了马蒂斯转述的那女孩对他的评价。

他把烟盒塞进了裤子后面的口袋,又取出黑色的郎森牌打火机,检查一下是否要添加燃油,再把那沓薄薄的钞票放进口袋。这时,他打开抽屉,拿出一个羚羊皮做的枪套,挎在左肩距腋窝三英寸远的地方。他又打开另一个抽屉,拿出一支扁平的点二五贝雷塔自动手枪,取下了弹夹和上了膛的子弹,然后拿着空枪连做了几次拔枪击发的动作。在装上弹夹并重新装上子弹后,他扣上了扳机保险,把枪装进了左肩的枪套里。

仔细地检查了一下房间,确保没有遗忘任何东西后,他把一件单排扣的夹克罩在了丝绸衬衫上,感觉凉爽舒适,又照了照镜子,以确保左肩下的枪不会露出任何痕迹。之后,他紧了紧领带,锁上门出去。

他在楼梯角转身去往酒吧的时候,听到身后的电梯门打开,一个冷静的声音传来:"晚上好!"

正是那个女孩。她站在那里,等着他走上前。

他仍清楚地记得她的美貌,但再见时却仍旧为之动容。她穿着一件质地绝佳的黑色天鹅绒长裙,简单而又优雅。脖子上戴着一串钻石项链,低垂的 V 形钻石吊坠凸显出她丰满的酥胸。她手腕挎着扁平的纯黑色手包。乌黑的秀发梳得非常整齐,发梢向里卷曲着。

她看起来美极了,邦德心动不已。

"真是太美了!你们在无线电方面的生意肯定很火。"

琳达伸出手臂,挽着邦德。"我们可以直接去吃晚餐吗?"她问,"我想有个惊艳登场,但是这种天鹅绒面料有个要命的问题——容易被桌椅钩住。如果你听到我尖叫,那肯定是椅子钩到了我的裙子。"

邦德笑了:"好的,我们直接进餐厅吧。点菜之前,我们每人一杯伏特加,怎么样?"

琳达很调皮地瞥了他一眼,邦德纠正道:"要不来一杯鸡尾酒,假如你喜欢的话。王泉镇最好的饭菜就在这儿了。"

对他所做的决定,琳达的眼神流露出一丝拒绝和嘲讽,这让邦德感觉很不舒服。

但那只是一闪而过的挫败感,当服务员领着他们穿过餐厅拥挤的大厅时,所有就餐者的目光都落在楚楚动人的琳达身上。

餐厅最新潮的部分当属一直伸到酒店花园上空的弧形的宽大飘窗,看上去有点像轮船开阔的船尾,很多食客都会选择坐在这里。但邦德却选了餐厅后部一个凹室中的座位坐了下来,凹室的墙面饰以镜子。这些凹室都是英王爱德华七世时的构造,虽然僻静却装饰豪奢,里面放置着蒙着红色丝绸桌布的餐桌和那个时代的壁灯。

当他们正在努力辨认菜单上的紫色字迹时,邦德招来了调酒师。他转过身来问自己的同伴:"想好要喝什么了吗?"

"我想来杯伏特加。"她不动声色地说完又低头去研究菜谱了。

"一小壶伏特加,要冰的。"邦德转身交代调酒师。

"想举杯祝愿你的新裙子能多穿些时日,却还不知道小姐芳名?"他转过身来就直接发问道。

"薇思珀·琳达。"

看到邦德面露不解的神色,她微笑着解释道:"每次都要费口舌向别人解释自己的名字真是件麻烦事。据我爸妈说,我出生在一个有暴风雨的晚上,为了记住这个夜晚他们就给我起了这个名字——有人喜欢,有人不喜欢,我已经习以为常了。"

"我认为这是个不错的名字。"邦德说,他突然想起了一个主意,"能把名字借我一用吗?"看到薇思珀一脸不解,他忙向她解释自己发明的一种马蒂尼鸡尾酒,一直缺少一个合适的名字,"薇思珀,这个名字好极了!让我调制的这种酒带着这个名字为世人饮用真是太合适了。"他请求道,"我可以用这个名字吗?"

"那得先让我尝尝什么味道吧,"她回答道,"听你说的应该挺不错哦。"

"等把眼前的事情办完,我们一定一起喝一杯,"邦德说,"不管是输还是赢。你决定好吃什么了吗?请尽管拣贵的点,"他看到她还在犹豫就接着说,"不然都对不起这么漂亮的裙子。"

"我选了两份,"她笑着答道,"每份应该都还不错。偶尔像个百万富翁那样花钱感觉应该还不错,如果你坚持要点贵的的话……那我先来一份鱼子酱,然后一份中熟的炸牛腰,再加一个奶油草莓,多加奶油。"她微笑着问他,"有点奢侈吧?"

"够节省的了,至多算份正常的营养餐吧。"他转过来交代侍者说,"多上些面包片。"

他跟薇思珀解释道:"不怕鱼子酱不够,常常是蘸酱的面包片不够吃。"

他看着菜单说:"我陪这位小姐一起吃鱼子酱,再来一小块腓力牛排,嫩一点,上面加鸡蛋黄油汁;这位小姐要的是奶油草莓,给我就来半个鳄梨吧,加一点法式调味酱在上面。可以吗?"

侍者弯下腰来:"好极了,二位。乔治先生……"侍者转向调酒师把点的菜重复了一遍。

"非常好。"调酒师边恭维边送上皮面的酒水单。

"如果你同意的话,"邦德问道,"今晚我们一起喝香槟酒吧。香槟让人愉悦,适合这个场合,你同意吗?"

"好的,就喝香槟。"她表示赞同。

对着酒水单,他问身旁的调酒师:"泰廷哲45怎么样?"

"是好酒,先生。"调酒师回应道,"但是如果可以的话,我会推荐同一品牌的1943年产的干白,这款酒绝对不会让您失望。"他用手中的铅笔指着酒水单推荐。

邦德笑道:"那就来这个吧。"

"这个牌子知名度并不高,"邦德跟薇思珀解释,"但它的香槟酒可能在全世界都是数一数二的。"觉察出自己有些夸大其词,他有些不好意思地咧嘴笑了。

"请原谅,"他说,"我常对美食与美酒特别地上心,这部分要归咎于我单身的缘故,但更多是出于我过分追求细节的毛病。真的有点像个老处女般地爱吹毛求疵,但工作起来的时候,我通常只能自己一个人吃饭,这时越是制作麻烦的饮食越能激起我的兴趣。"

薇思珀一直微笑着听他解释。

"我挺喜欢这样的,"她说,"我喜欢全力以赴地去干一件事,把一件事弄个明明白白。这就是我的生活信条。"她有些惭愧地接着说,"听起来有些太过书生气了。"

他们点的那壶酒被放在盛着冰块的钵子里端了上来,邦德拿起酒壶倒入两个杯中。

"不管怎么样,我认可你的态度。"邦德举起酒杯,"来,祝愿今晚好运吧,薇思珀。"

薇思珀举起酒杯,眼神里带着些好奇地直视着他,平静地说:"是的,愿今晚一切顺利。"

她说话时下意识地快速耸了一下肩膀,然后突然倾身向他靠近:"我从马蒂斯那里听到了些消息——他本来要亲自告诉你的。是关于炸弹的事,情节相当精彩哦。"

第九章　面授机宜

鱼子酱应该在等着跟新鲜出炉的面包一起登场。邦德环视了一下四周，发现并无被偷听的可能。

"跟我说说。"他的眼神中流露出极大的兴趣。

"第三个疑犯在逃往巴黎的路上被逮住了。那家伙开着一辆雪铁龙，顺路带了两个登山者作为幌子。在一个检查站被要求出示证件时，他蹩脚的法语让他露出了马脚，于是他拔出枪射杀了一个巡警，但另一个巡警还是把他制服了，并制止了他的自杀企图。之后他们把他押到了鲁昂，让他供出了事情的原委——看来法国人的方法还是挺奏效的。

"显然，他们在巴黎有一个专门从事破坏与暗杀等活动的团伙，马蒂斯的人正在围捕他们的余党。他们的上家为了要你的命愿意出两百万法郎，而且告诉他们只要严格按照他的指示去办绝对不会被抓住。"她啜了一口伏特加接着说,"蹊跷就在这里。上家给了他们两个相机包——就是你看到的那两个箱子——并说颜色鲜亮些反而更不容易引起怀疑。上家吩咐他们说蓝色的那个装的是功能非常强的烟幕弹,红色的里面是炸弹。当一个人掷出红色箱子的时候,另一个立即启动蓝色箱子的按钮,这样他们就可以在烟幕的掩护下从容逃走。但实际上,烟幕弹的说法完全就是个诱他们就范的骗局,让他们以为干了之后可以轻易逃脱。事实是两个箱子里面装的都是炸药。他们的如意算盘是把你和那两个刺客同时清除掉,杀人灭口不留痕迹。肯定还有处理第三个人的计划。"

"接着说。"邦德显然对这个精心设计的圈套非常感兴趣。

"显然暴徒们很认同上家的安排,但他们自作聪明地想让风险更小些。在他们看来如果先触发烟幕弹,趁着烟幕向你投掷炸弹,岂不是更安全?于是就有了你看到的那一幕,一个人率先引爆了他们以为是烟幕弹的那个箱子,结果当然是他们一起被炸飞了。

"他们的同伙当时正在金豪酒店的后面等着接应他们。当他看到爆炸发生时,心想肯定是他们愚蠢地把事情搞砸了。但是当他来到事发现场,看到警察捡起的并未引爆的红色炸弹箱子的碎片时才明白他们被耍了,知道他的两个同伙注定要和你一起被炸死。于是他才愿意招供,相信他目前仍在供述。但是没有线索能证明此事与拉契夫有关联,是一个中间人雇佣的他们,没准是拉契夫的保镖,那个家伙表示他绝对没听说过拉契夫这个人。"

她刚讲完,服务生端着鱼子酱和厚厚一沓热面包片走了过来。一起端上来的还有几个小盘子,分别盛着切得很考究的洋葱片和磨碎了的煮鸡蛋,蛋白和蛋黄被分别放在两个盘子里。

鱼子酱被分放在他们各自的餐盘里,他们默默地各吃各的。

过了一会儿,邦德再次打开了话匣子:"跟谋杀自己的人调了个个儿,真是太让人开心了。我现在坐在这里享用美酒佳肴,而他们却被自己点燃的烟花送上了西天。马蒂斯对今天的工作肯定很满意——二十四小时里解决了五个对手。"接着他把如何对付芒茨夫妇的过程跟她叙述了一遍。

"顺便想问问你,"他问她,"你是怎么掺和到这次行动里来了?你本来是哪个部门的?"

"我是S站站长的私人助理。"薇思珀说,"由于这次行动是他的主意,所以他希望自己的人能够参与进来,于是要求M批准我加入。M告诉我们头儿,给你派个女的来你会非常恼火的,但考虑到只是从事联络工作,M还是同意了。"说到这里她停顿了一下,见邦德并无表示,又接着说,"我在巴黎跟马蒂斯接上了头就随他到了这里。我有一个身份是迪奥代理商的朋友,是她设法帮我借到了这身行头,不然我是没办法和这些人比风头的。"她指了指餐厅里的人。

"局里的人都非常羡慕我,虽然并不知道我具体去干什么。他们只是得知我要配合一个00代号的人行动。当然你们都是大家心目中的英雄,我是仰慕已久了。"

邦德皱起了眉头,说道:"只要你做好了去杀人的准备,获得一个00代号的头衔并不是件难事。这一点儿都不值得自豪。我的名号得益于先在纽约解决了一个日本密电专家,之后又在斯德哥尔摩干掉了一个挪威双面间谍。原本他们都是干着正常工作的体面人,但命运将他们卷了进来——就像那个被铁托干掉的南斯拉夫人一样。这是个挺让人困惑的行当,但是既然选择了这个职业,就要服从命令完成任务。鱼子酱拌鸡蛋的味道怎么样?"

"味道好极了,"她说,"我很享受这里的晚餐。遗憾的是……"邦德冷峻的眼神让她打住了。

"如果不是任务在身,我们不会这样坐在这里。"他说。

他猛然间发觉如此亲密地跟她说这么多有些不合适。他觉得有些话说多了,毕竟他们只是临时的工作关系。

"我们该言归正传了,想想该做什么。"他正色道,"我得跟你交代一下我要干什么和我的任务以及你如何协助我。当然需要你做的恐怕不会太多。"

"基本的情况是这样的……"他把既定行动计划向她描述,并分析各种可能发生的意外情况。

待服务生上完了第二道菜,他们继续享用可口的晚餐,邦德则接着给她交代任务。

薇思珀机械却很顺从地听着。邦德突然严厉起来让她感到有些失落,并使她想起了S站站长临行前给她的忠告。

"他是个十分专注的人,"她的头儿在交代任务的时候对她说,"千万别把这次行动当成是一次轻松的旅行。除了工作他什么都不会放在心上,配合他行动绝不是件好差事。但他是个真正的高手,做事情直截了当,你去了会发现同他合作行动效率会很高。他长得很帅,但千万别对他着迷,在我看来他无心于此。总之,注意保护自己,祝你好运。"

于是她一开始就做好了迎接挑战的准备,但当她发觉他对她感兴趣并有好感时——凭女人的直觉——她还是有些沾沾自喜的。然而正当一切都预示着他们将愉快地一起相处时,他却在转瞬间变得冷若冰霜,毫无征兆地、粗鲁地退缩了,似乎片刻的温情对他来说都像毒药一样。这让她觉得受到了愚弄和伤害。她只好无奈地默默接受,然后专注地去听他交代的事情。她在心里告诫自己绝不能再犯这样愚蠢的错误。

"……这要寄希望于上帝保佑我能有好运气,或者让他走霉运也可以。"

邦德开始向她解释百家乐是怎么玩的。

"百家乐和其他赌博游戏一样,对于庄家和闲家来说输赢的概率都差不多,起到决定性作用的可能就是那么一两盘——让庄家倾家荡产或是使闲家输个精光。

"根据我们掌握的情况,今晚为了坐庄百家乐,拉契夫不惜付给埃及财团一百万法郎,这样他的赌资就只剩下两千四百万法郎了。我的本钱跟他的差不多。据我估计,今晚参与赌局的会有十个人,大家围坐在一个椭圆形的赌桌上。

"通常,这张桌子会同时进行两个赌局。庄家左右两边都参与,要两边兼顾得具有高超的运算能力才能赢钱。但在赌场里赌百家乐的玩家人数并不足够开两个局,所以拉契夫只好把他的希望全部押在这一桌上。这样铤而走险并不常见,因为输赢的概率并不偏爱庄家,如果有一点有利也是微不足道的,当然庄家掌握下注的主动权。

"庄家居中落座,荷官负责发牌和读出每个人的下注金额,而每桌还有个牌监负责判定每局的输赢。我将尽可能坐在桌子的对面正对着他的地方。他面前的盘子里放着六副洗好的牌,出老千是绝无可能的。洗牌是荷官负责的,洗过的牌要经由闲家中的某一位切过之后才摆放在托盘里,整个过程大家都看得见。我们调查了赌场里的雇员,没有发现什么问题。做些手脚肯定是有用的,但要买通荷官把每一张牌都做上记号几乎是不可能的。总之对此我们会保持关注。"

邦德喝了口杯里的香槟继续说:"百家乐赌局的具体流程是这样的:依照惯例,庄家会在开局下五百英镑或五十万法郎的赌注。闲家按照从庄家右手边第一位开始的顺序依次做决定,决定跟牌的就把赌注推到赌桌中间,觉得牌不够好或觉得赌注太高的话就退出不跟。接着下边一家做决定,以此类推。如果到最后没有一个人跟牌的话,那么桌上的每一个闲家——有时甚至连桌边的看客——都要平均掏钱来凑足这五十万法郎。

"当然开局赌注不算大,通常会有人迅速跟进的。但当赌注提高到一两百万的时候,就很少有人会跟进了,甚至也不会有人愿意凑钱下注——除非庄家的运气好。在这种情况下,我就会尝试去跟进。事实上,只要有机会我就会去挑战庄家,直到我把他挑下马或者他让我输得精光。这需要一个过程,但最终我们俩肯定不是鱼死就是网破。其他人的因素可以暂不考虑,虽然他们可以让他多赢一点或多输一点。

"作为庄家,他要稍微占些便宜。虽然料到我要跟他死拼,但他可能不知道我还有雄厚的赌金做资本。总体来说我们机会相当。"

当草莓和鳄梨上来的时候,他们停了下来。

不声不响地吃了一会儿,当咖啡端上来时又聊了些其他的。之后他们各自点了根香烟,不再喝白兰地或饮料。这时,邦德觉得应该向薇思珀讲解百家乐是如何比牌的具体操作了。

"牌的玩法其实非常简单,"他解释道,"如果你玩过二十一点的话,一说你就明白了。在二十一点游戏中,只要手中的牌加起来比庄家的牌更接近21点就算赢。百家乐中,先给庄家和闲家各发两张牌,只要没有人得到'天生王牌',每个人都可以申请补发一张。目标都是让手里的牌加起来等于或尽可能接近9点。花牌和10不作数,A算1点,其他牌按牌面数字计算。最终手里的牌加起来是多少是决定胜负的关键,比如一张9加一张7等于6点,而不是16点。

"牌面最接近9点的玩家取胜,若最终点数相同则重新发牌。"

薇思珀一边认真地听着,一边留意着邦德脸上的表情。

"那么,"邦德继续说,"当我把庄家发给我的两张牌打开,发现加起来是8点或者9点,这就是一手'天生王牌',摊了牌我就赢了,除非他的牌跟我一样大或有更好的王牌。如果没有'天生王牌',起手有6点或7点一般来说就可以接受了;如果是5点的话,是不是再要一张牌两可;若是低于5点,那就肯定再要一张。5点对于百家乐来说是一个关键点。手握5点再要一张牌,手里的牌面变好和变坏的概率正好相当。

"只有当我表示需要补牌或者轻击一下表示停牌后,庄家才能看牌。如果他抓的是'天生王牌'的话，就会立即摊牌并获胜。如果不是的话，就要面临跟我同样的抉择了。但我的选择会影响并有助于他做出相应的决定——是否要补一张牌。如果我选择停牌，他肯定认为我手里的点数是 5、6 或者 7，因为他知道如果牌小于 6 的话，我可能会选择从他手里补一张牌来改善牌面。而这张牌是亮出来发给我的。庄家会根据牌面点数和计算概率，来决定是否需要补牌。

"所以他还是要占些便宜的——闲家的决定会帮助他做出补牌或停牌的选择。在这个赌局中，手抓 5 点要不要补牌一直是一个费思量的决定，有人总是会补牌，而有的则一直会选择停牌。我全凭感觉。

"但最终，"邦德边说边掐灭了手中的香烟并叫来服务生埋单，"起关键作用的还是'天生王牌'的 8 或者 9 点，我要取胜得要比他多抓几手王牌。"

第十章 一触即发

谈论着赌桌上的事以及对即将到来的对决的期待让邦德重新精神焕发——一想到与拉契夫赌桌上的短兵相接一触即发,就会让他感到兴奋甚至血脉贲张。看到他完全忘记了刚才两人之间短暂的尴尬冷场,薇思珀暗暗松了口气,心情也好了起来。

结账时他给了侍者一笔可观的小费,然后起身带着薇思珀一起离开了餐厅,走出了酒店。

这时一辆大宾利已经等候在门口,邦德载着薇思珀开往赌场,然后在距大门尽可能近的地方停了下来。经过装饰豪华的前厅时,邦德几乎一声不吭。薇思珀抬起头来,看见他的鼻孔因为兴奋或紧张的呼吸而微张着,但他的表情却显得镇定自若——愉快从容地回应赌场职员的问候。在包厢的入口处他们没有被要求出示会员证——邦德的豪赌使他成为这里备受青睐的顾客,连陪同他来的人都沾了光。

他们刚走进正厅不远,菲利克斯·莱特尔从轮盘赌的桌前站起身迎了上来,很亲热地跟邦德打招呼。邦德把薇思珀引见给他,他们互相寒暄了几句后,莱特尔说:"你晚上要玩百家乐,那么不知能否有幸请琳达小姐见证一下我是如何在轮盘赌中把庄家拉下马的?要知道我有三个幸运数字马上就要投,琳达小姐也可以一起来试试手气。待会等你小试牛刀的时候,我们再赶过来观战。"

邦德转过来看着薇思珀,征求她的意见。

"听起来是个不错的主意,"她说,"能把你的幸运数字借一个给我吗?"

"我没有什么幸运数字,"邦德一脸严肃,"赌场上胜负难料,我不相信这个。对不起,我要失陪了。和我的朋友菲利克斯·莱特尔一起,你的运气肯定会很好的。"他对他们微微一笑,转身步态从容地朝出纳柜台走去。

莱特尔觉出了邦德的断然回绝。

"他真是个严肃认真的赌徒,琳达小姐,"他说,"我认为他必须得这样。快跟我来投 17 看看——根据我超灵验的预感这个数准会赢。待会数钱时你会发觉空手套白狼的感觉真是棒极了。"

孤身上阵顿时让邦德感到轻松不少,这样他就可以心无旁骛只考虑如何完成任务了。他在柜台边站定,拿出了那张之前办好的面值两千四百万法郎的支票。兑换的筹码被他平均分作两摞,分放在外套的左右两个口袋里。他缓缓地从挤满了赌客的赌桌中间踱过,来到包间的尽头,那里摆放着一张宽大的四周围着铜栏杆的百家乐赌台。

　　赌台已经布置停当，荷官正在洗牌——由荷官洗牌效率最高而且最大限度降低了出老千的可能。

　　看到邦德走过来，赌台监督忙把栏杆入口处敷了层绒布套的索链打开，把他让进来："邦德先生，如你所愿，我已经为你预留了6号座。"

　　桌边还空着三个座位，他走到荷官为他挪开的那把椅子前坐了下来，礼节性地向桌上其他赌家点了点头，然后掏出宽边的金属烟盒和黑色的打火机放在右手边的绿色托盘里。这时荷官拿来一个擦拭干净的玻璃烟灰缸放在一旁。邦德燃上一支烟，把身体向后倾着靠在椅背上。

　　在他的对面，庄家的座位还空着。他环视了一下赌台，在座的人大多都面熟，但却只知道其中几位的名字。坐在他右手边的7号座的希克斯特先生是个比利时富翁，他在刚果投资冶金行业。9号座的那位是丹佛斯爵士，地位显赫但看上去却弱不禁风。他赌博的钱估计全都来自他阔绰的美国老婆——坐在3号座上的长着一张梭鱼样的嘟嘟嘴的中年女人。邦德估计他们会在待会的赌局里做小心谨慎的投机，但很快就会落荒而逃。坐在庄家的右手边1号座上的是一位知名度颇高的希腊赌客。根据邦德的经验，和很多东部地中海人一样，此人可能经营着一条获利颇丰的航线。他赌技很好，玩得很冷静，应该会坚持很久。

　　邦德跟荷官要了一张卡片，在上面画了个问号并写下那些他不知道姓名的赌客的座位号，然后由荷官交给赌场监督。

很快，已经填齐了姓名的卡片送了回来。

依旧空着的 2 号座是为美国电影明星卡梅尔·德兰预留的。她的钱多是她的三任老公给她的生活费，邦德估计当下在王泉镇陪她的男友应该也给了她钱。她乐观的性格可能会使她在桌上玩得很高兴且派头十足，没准运气还不错。

3 号座丹佛斯夫人旁边 4 号座、5 号座坐的是杜邦夫妇，一副富人的派头，不知道杜邦财团的钱有没有他们的份。邦德认为他们会玩到最后。他们像生意人似的轻松而愉快地交谈着，似乎对即将开始的豪赌并不在意。有他们坐在自己旁边——左手边 5 号杜邦夫人和右手边 7 号希克斯特先生——邦德很高兴，并做好准备在庄家下注过大时与他们联合挑战庄家。

坐在 8 号座的是位来自印度一个小邦的王子，他大概是把战时的所有积蓄都拿过来赌了。经验告诉邦德，大部分来自亚洲的赌客都缺乏足够的勇气和魄力，但这位印度王子应该不会一击即溃的——如果输钱的节奏不是那么快的话。

10 号座上坐着一个看上去不差钱的意大利年轻人，名字叫作西格诺·托米利，他靠出租位于米兰的多处房产赚了不少钱。这家伙的牌风会是比较轻率鲁莽型的，输了钱怕会气急败坏、丢人现眼。

邦德刚把桌上的赌客们一个个地分析估量完，拉契夫就走了进来。作为今晚的重要角色，他敏捷而不动声色地从铜围栏的入口处走了进来，脸上露出些许冷峻的微笑表示对桌上赌客的欢迎，然后在邦德正对面的庄家的位置坐下身来。

他伸出那双看似笨拙的大手，将事先由荷官整齐地摆放在他面前的一摞牌切了一下，动作却出奇地敏捷。接着，荷官迅速而精准地将六副牌整齐地码放在台面上镶着金属的木头盘子里。这时拉契夫低声地跟荷官说了些什么。

"先生们、女士们，牌局现在开始。庄家下注五十万。"荷官话音刚落，1号座上的希腊人敲桌应道："我先来。"他面前放着厚厚一摞的十万法郎的筹码。

拉契夫俯身凑到发牌器前，猛地一击按钮，纸牌便顺着发牌器的铅质沿口，一张接一张地滑落下来。他伸出粗壮的食指轻轻拈起第一张牌，将它恰到好处地旋到希腊人右手边几英寸远的地方，接着拈了一张给自己，然后再一次给希腊人一张，给自己一张。

然后，他便一动不动地坐在那里，并不去管自己的牌，只是死死地盯着希腊人看。

这时荷官就像挥舞着泥刀的瓦匠，拿着长柄的木质牌铲，娴熟地将希腊人的两张牌铲起，然后敏捷地放到希腊人交叉的双手前。那两张牌趴在台上，活像两只粉红色的螃蟹。

希腊人伸出手，将并列趴着的两只"螃蟹"聚拢到跟前，弯下头，使得自己能够在双手的阴影下看得见牌面。接着，他用右手的食指轻轻地搓开第一张牌，以看清下面一张牌的大小。

他面无表情地将左手平放在桌面上，然后又撤了回来，露出了两张牌粉色的牌背。

希腊人抬起头来，对视着拉契夫，然后平静地说："不补牌。"

据此判断，希腊人手中的牌面相加应该是5、6或7点。要想确保赢盘，庄家必须翻出8点或9点来，如果手里的牌达不到这两个点数,庄家也可以要求补一张牌,那意味着牌面或许会变好,当然也可能变坏。

拉契夫紧扣着双手,他的牌就在手边几英寸远的地方。他伸出右手,拿起牌,直接翻放在桌面上。

那是一张4和一张5——天生王牌。

他赢了。

"庄家9点。"荷官平静地读牌。紧接着,他用牌铲将希腊人的牌面亮了出来——"7点。"同样不带感情的读牌声。

那是一张7和一张Q,被荷官用牌铲甩入桌面上的一个槽口,那下面连接着存放所有废牌的金属罐。接着,拉契夫的两张牌也被投入其中——可以听到纸牌撞击金属罐底部发出的闷响。

希腊人悻悻地推出五枚十万的筹码。荷官把它们拢到了拉契夫码在赌台中间的筹码中。每局赌完,赌场都会提取少量的比例作为抽成。通常在大赌局中,庄家可以决定是事先商定一次性抽成,还是每局抽成,拉契夫选择了后者。

荷官把相应数额的筹码投入桌上一个专门存放抽成的槽口后,不慌不忙地宣布:"庄家下注一百万。"

"我跟。"希腊人咕哝道。他显然是想把输掉的扳回来。

邦德点上一支烟,坐在椅子上定了定神,接着往下看。漫长的赌局一旦开启,便会按照这既定的程序有条不紊、周而复始地进行下去,直到最终赌客们都散去。那时,那些令人困惑的纸牌便会被销毁。赌台会被一块幕布罩上,幕布下绿色的绒质台布恰似搏杀后的战场,默默地吸干遇难者的血,然后迎接新的搏杀的到来。

希腊人在补了第三张牌后,牌面加起来不超过 4 点,而庄家 7 点——他再次败下阵来。

"庄家下注两百万。"荷官宣布又一局开始了。

邦德左手边的赌客都默不作声。

"我来试试吧。"说话的人是邦德。

第十一章　跌落云端

拉契夫面无表情地看着他,眼睛虹膜周围的眼白使他的眼神毫无生气,木然得像玩偶一般。

拉契夫慢慢地把他那只宽厚的手从桌面移开,偷偷地伸进上衣的口袋,拿出一个带盖子的金属小瓶子。他拧开盖子,慢条斯理地把瓶子的喷嘴先后插入两个黑黢黢的鼻孔里,各喷了两次,贪婪地吸着苯丙胺喷雾。

吸完后,他又不慌不忙地把吸入器放进口袋。接着,他的手迅速回到桌面,像之前一样,在发牌机上重重一击。

邦德一直在冷漠地注视着庄家,看他悄无声息地出演着一场猥琐的哑剧。他白皙的大脸,被两边突兀的红褐色毛发包围着;一张不苟言笑的湿润的红嘴唇同样显眼;一身剪裁粗糙的小礼服松散地悬挂在像个衣架似的宽肩膀上。若没有那炫目的缎子翻领的提醒,你很可能会以为面对的是一头牛头人身的黑毛怪兽,刚刚从绿色的草地上跑了出来。

邦德悄悄地把一包纸币放到了桌面上,数都没数。如果他输了,荷官会把相应数额的赌注抽走。但是,邦德的态度表明,他并没有想到输钱,或者这沓钱对于他来说,不过是九牛一毛。

其他的赌客察觉到两人之间剑拔弩张的紧张气氛,所以,当拉契夫从发牌机里取出四张牌的时候,屋子里一片寂静。

荷官用铲子尖把邦德的两张牌推给他,邦德的两眼仍旧盯着拉契夫的眼睛。他右手向前伸出几英尺,迅速向下看了一眼,然后抬眼再次漠然地看着拉契夫,接着用一种不屑一顾的姿势,将牌面朝上扔在桌上。

这两张牌,一张是4,一张是5——天生王牌。

牌桌上传来了羡慕的叹息声,邦德左手边的赌客们交换着懊悔的眼神,因为他们错过了这手价值两百万法郎的好牌。

拉契夫耸耸肩,慢慢地把自己的两张牌牌面朝上,用指甲弹去。这是两张一文不值的J。

"百家乐。"荷官边宣布结果,边把那一堆筹码从桌面中间推到邦德面前。

邦德把筹码与未使用的钱币一起,放入了右手的口袋。虽然他看上去仍旧面无表情,但是他为自己旗开得胜,也为牌桌上悄无声息的较量所产生的结果感到高兴。

他左边的那位女士,也就是美国人杜邦夫人面朝他,诡谲地笑了笑。

"我不应当让它到你手上，"她说道，"牌一发出，我就踢了自己一脚。"

"游戏才刚刚开始呢，"邦德说道，"没准你下次放弃的时候，就是对的。"

杜邦先生从他妻子的对面探出身子，达观地说道："如果每一手都正确的话，我们全都不会在这里了。"

"我会来，"他的妻子笑道，"你不认为我做这个是为了娱乐吧。"

赌博继续进行，邦德看了看倚在桌子周围高高的铜栏杆上的看客们。他很快看见了拉契夫的两个保镖。他们站在庄家的后面，一边一个，看起来很体面，只是与整个赌场的氛围不搭调，颇引人注目。

靠向拉契夫右手的那个穿着小礼服，个子挺高，脸色阴郁。他面色灰暗，显得木讷，但眼睛却像一个玩杂耍的，闪烁发光。整个修长的身子显得焦躁不安，手在铜栏杆上不停地变换位置。邦德猜想，他定是个杀人不眨眼的家伙，而且更喜欢把人扼死，有点像小说《人鼠之间》里的变态伦尼，只不过他的残暴不是来自幼稚病，而是来自毒品，可能是大麻吧。

另一个人的身材看起来像是科西嘉那里的商店老板，个头矮小，皮肤黝黑，扁脑袋，长着一头浓密的油腻腻的毛发。他似乎是个跛子，一根带橡皮头的厚实的马六甲手杖挂在他身旁的铜栏杆上。他一定得到了许可，才能把手杖带进赌场，因为邦德知道，棍棒什么的是不能带进赌场的，以防发生暴力行为。他看起来满脸油光，吃得很好,嘴巴半张,露出一嘴坏牙。他长着黑色的八字胡,扒在铜栏杆上的手背露出黑色的汗毛。邦德想道,如果把这个矮墩墩的家伙扒光,肯定会看见他浑身长满黑毛,那一定会是相当污秽。

赌局继续进行,相安无事,但是局面对庄家有点不利。

有经验的赌客知道,第三局往往是二十一点和百家乐的转折点。你的运气可以经受住第一次和第二次考验,但是当第三个考验到来的时候,往往凶多吉少。在这一点上,你一次又一次地发现自己被从空中摔到了地上,而现在的情形就是这样。无论是庄家还是其他人都不敢轻易下注,这种情形对庄家来说尤其不利。仅仅两个小时,赌金就达到了一千万法郎。在过去的两天里,拉契夫赢了多少,邦德并不清楚,他估算为五百万法郎,现在庄家的资本不会超过两千万法郎。

事实上,拉契夫整个下午输得很惨,此时,他仅仅剩下了一千万法郎。

而邦德呢,到深夜1点钟,他已经赢了四百万法郎,整个赌本达到了两千八百万法郎。

邦德谨慎地高兴着,拉契夫毫无表情,像个机器人一样,继续玩着,除了在每一局开始的时候向荷官低声发出指令外,一言不发。

贵宾赌台一片寂静,但是在周围其他的牌桌上,嘈杂声不绝于耳:二十一点、轮盘、三十四十的赌台上人声鼎沸,夹杂着荷官清脆的叫喊声,偶尔还有从大厅的不同角落传来的阵阵笑声和激动的喘息声。

在这热闹的表面下,永不停歇的是赌场经营者隐秘的盈利节拍器,轮盘的每一次转动,纸牌的每一次翻起,都意味着桌面上百分之一的抽成溜进了他们的腰包。

邦德看了看手表,指针指向一点十分,恰在这时台面上的形势突然发生了变化。

1号位置上希腊人的日子仍旧不好过,他第一局损失了五十万法郎,第二局损失了一百万。第三局当下注两百万时,他选择放弃。2号的卡梅尔·德兰不跟牌。3号的丹佛斯夫人也不跟。

杜邦夫妇面面相觑。

"跟。"杜邦夫人决定道,但旋即就输给了庄家的8点。

"本轮下注四百万。"荷官说道。

"跟。"邦德边说边推出一堆纸币。

他再一次把眼睛盯住拉契夫看着,然后匆匆地瞥了一眼自己的两张牌。

"不补。"他说道。他手握5点,这个点数有些悬。

拉契夫摸出一张J和一张4,他再次拍打了一下发牌器,抽出了一张3。

"庄家7点,"荷官说道,"闲家5点。"接着翻过邦德的牌读道。他把邦德的钱拢了过去,抽出四百万法郎,把剩下的还给了邦德。

"下注八百万。"

"跟。"邦德说道。

又输了——拉契夫得了一副天生王牌9点。

仅仅两局,他就输掉了一千二百万法郎。现在,他倾其所有,也只剩下了一千六百万法郎了,正好是下一局下注的数额。

突然间，邦德感到手掌心在冒汗，他的赌本，就像阳光下的冰雪一样迅速地蒸发。拉契夫带着获胜赌徒那股得意的慢劲，用右手在牌桌上轻轻地敲着。邦德朝对面灰暗的眼睛看去，那眼神满带嘲讽，似乎在问："你想输个底朝天吗？"

"跟。"邦德轻轻地应道。

他从右手的口袋里掏出一些纸币和筹码，从左手的口袋里拿出整沓的纸币，一股脑地推到台前。他的举止丝毫没有显露出，这是他的孤注一掷。

他突然感到很渴，嗓子似乎像羊毛壁纸一样干。他抬起头，看见薇思珀和莱特尔就站在带手杖的那个保镖站过的那个位置。他不知道他们站在那儿多久了。莱特尔看起来隐隐有些担忧，但薇思珀却一直微笑着给他鼓励。

他听到身后的栏杆上发出轻轻的窸窣声，于是转身一看，那个长着黑色八字胡、满嘴黑牙的家伙正咧着嘴茫然地看着他呢。

"赌注下定。"荷官宣布。那两张牌顺着绿色的绒布台面向他滑了过去。不过，这时绿色的台面已不再光滑，它已变得厚重，毛茸茸的，几乎令人窒息，它的颜色也像新冢上刚冒出来的野草一样，灰白灰白的。

缎带镶边的宽大灯罩下透出来的光，原先是那么令人感到惬意，现在在他看牌的时候，却是显得那样黯淡无光，于是他又看了一遍。

牌是最糟糕不过的了：一张红桃 K 和一张黑桃 A，就像一只黑寡妇蜘蛛，斜着眼睛向上望着他。

"补牌。"他竭尽全力地让自己的声音保持镇定。

拉契夫看着自己的两张牌,他有一张 Q 和一张黑桃 5。他看了看邦德,用粗大的食指压出另一张牌来。整张桌子的人保持着绝对安静。他抽出那张牌,然后轻轻地弹了出去。荷官小心地用铲子铲起来,放到邦德面前。这是一张好牌:红桃 5,但是对邦德来说,并不足够好,只好听天由命了。现在,他手里的牌是 6 点,拉契夫手里的点数是 5。但是庄家手里有了一个 5,还有一次补牌的机会。现在的情形,庄家能够而且必须再补一张牌,翻出是 1、2、3 或 4 的牌面都是好牌。抽出其他任何一张牌,都必输无疑。

从概率上说,优势还在邦德这一边。但是只见拉契夫看了邦德一眼,就把第三张牌面朝上弹了出去,几乎都没瞥一眼。

这是一张好得有些过了头的牌,一张 4,使庄家的点数为 9。庄家赢了,虽然来得有点迟。

邦德输了,输了个精光。

第十二章　暗藏杀机

邦德呆坐在那里,面对着输光的残酷现实。他打开黑色的宽边烟盒,取出一支烟。噗的一声打着打火机,把烟点着,又把打火机放回桌上。他深吸了一口烟,然后从齿间嘶嘶地吐出。

现在该怎么办?是逃回酒店的大床上,以避开马蒂斯、莱特尔尤其是薇思珀同情的眼神?还是回去打电话向伦敦报告自己行动失败?然后乘上第二天回国的航班,再坐的士赶往摄政公园,接着爬楼梯穿过回廊,就会看到办公室里 M 那张阴沉的脸。或许他会挤出一丝怜悯的微笑说什么:下次运气应该不会这么差之类的。但他知道,不会再有下一次了。

他抬眼看了看四周的看客们,几乎没人在关注他。他们都在看荷官清点拉契夫面前成堆的现金和整齐摆放的筹码,等着看还有没有人敢在下一局下注三千二百万法郎来挑战庄家和他这么顺的牌运。

　　莱特尔已不见了踪影，邦德想他是不忍看着自己落败的样子。而薇思珀居然还站在那里，依旧用微笑传递着鼓励。邦德想，她看来对赌博是一窍不通，自然是没法理解他现在被彻底击败的痛苦。

　　这时，一名赌场职员顺着围栏走到邦德的身边，弯腰把一个厚厚的信封放在了他面前的桌面上——那信封足有一本词典那么厚。那职员对邦德耳语几句，然后走开了。

　　邦德激动得心怦怦直跳。他把这个没有具名的厚信封拿到桌面下，用拇指指甲将它拆开，封口处的胶水居然还没有干。

　　虽然让人难以置信，但却无疑是真实的，他的手摸到了信封里厚厚的钞票。他不动声色地把钱放入口袋时，发现最上面附着一张半张纸大小的字条，他取下来放在桌面下看了一眼。上面有一行手写的字迹："马歇尔提供赞助。三千二百万法郎。来自美利坚合众国的致意。"

　　邦德平复了一下激动的心情，抬眼朝薇思珀看去。这时，菲利克斯·莱特尔重新站在了她的旁边，微微地咧开嘴笑着。邦德回以微笑，并抬手做了个幅度很小的手势向他致意。他定了定神，决意要将几分钟前还困扰着他的沮丧和绝望一扫而光。他是临时得救了，只是临时得救了，奇迹不可能会一而再再而三地发生。接下来他必须得赢，只要拉契夫还没有凑够他急需的五千万救命钱，只要赌局还在继续。

　　荷官终于把赌资清点完毕了，并把邦德输掉的现金也兑换成了筹码，一起堆在了桌子的中央。

那里堆着整整三万两千英镑。邦德想,拉契夫只要再赢下一局,哪怕只是再赢个几百万法郎,他的目的就达到了。他就可以凑够五千万法郎然后起身离开。明天他的污点就会被掩盖,他就可以继续待在目前的位置上高枕无忧了。

但拉契夫并没有要离开的迹象,邦德暗暗地松了口气,想,自己还是高估了他的老本儿。

他想,唯一的机会就是直接跟他单挑,而不是跟其他闲家联合去应对庄家,更不是小本经营式的投机,而要倾尽全力,因为只有这样做才有可能将他扳倒。而在拉契夫看来,任何一个人单独投注一千万到一千五百万都不是他愿意看到的,更不要说有谁会单独下注三千两百万跟他对决了——这不可能。他可能不知道邦德刚才输得分文不剩,但他肯定会认为邦德的本钱已经所剩无几了。因为他无从知道邦德的信封里装的是什么,要是知道的话,他肯定会结束这一轮的翻倍赌,转而从开局时的五十万法郎的下注重新开始。

这个分析完全准确。

拉契夫还需要再赢八百万,于是他点头示意继续下去。

"庄家下注三千两百万。"

荷官叫完注,桌上立时一片沉寂。

"庄家下注三千两百万。"

赌桌监督抑制不住得意,高声重复了一遍赌注,意在把旁边桌上的土豪们吸引过来。当然这本身就是一起轰动事件。百家乐赌局中如此之高的赌注只在 1950 年在杜维尔出现过一次。而他们的竞争对手勒图凯的拉弗雷赌场则从未出现过如此之高的赌注。

这时，邦德微微向前欠了欠身子。

"跟进。"他平静地说。

桌旁顿时炸开了锅。嘈杂的议论声响彻了整个赌场。看热闹的人蜂拥而至，削尖了脑袋往里面挤。三千两百万啊！对于他们中间的大多数人，这比他们一辈子挣的还要多，要顶上他们和他们全家的所有积蓄。毫不夸张地说，这就是一个天文数字。

赌场的一位主管走过来与赌桌监督商量着什么。片刻，赌桌监督转过头面带歉意地向邦德说道："抱歉，先生。您确信可以跟进吗？"

这是在提示邦德必须要证明他确实有足够的钱来下这局的注。他们当然把邦德当成一个有钱人，但毕竟这是三千两百万！而且确实会有这样的事情发生——有些输红了眼的赌徒，即使已经一文不名了，还是死撑着去赌，结果输了赌债无以为偿被送进监狱，还嬉皮笑脸死不服输。

"非常抱歉，邦德先生。"赌桌监督连声赔着不是。

见状邦德便把兜里那一大卷钞票一把甩到赌台中间。于是荷官接过这捆绑得结结实实的万元现钞（三千两百张，这得有多厚的一捆啊！——译者注）——法国发行的最大面额的纸币——低着头数了起来。就在这个当口，邦德瞥见了拉契夫向保镖飞快地使了个眼色。那保镖此时就站在邦德的正背后。

几乎就在同时，他感到了一个硬物抵在了自己脊椎的底部——就在他陷在坐垫里的尾椎的地方。一个带有法国南部口音的声音在他右耳边响起，那声音不慌不忙却又不容分辨："这是一支枪，先生。消音效果极好,我可以一声不响就把你的尾椎打爆。你看上去只是像晕倒在桌边,而我可以轻松脱身。在我数到 10 之前把你的钱拿回来。你要是敢呼救我就开枪。"

这话音里带着自信。邦德丝毫不怀疑他说的,这种人是会说到做到的,那根粗短的手杖就是明证。邦德见识过这种枪,枪管中填充了一种柔软的橡胶物质作为声障以吸收击发时的噪音,但这种物质并不妨碍子弹的射出。它是战时专门为暗杀而设计出来的,邦德自己就曾经试射过。

"1"这个声音开始计数。

邦德转过头。那家伙正俯身贴着他,咧着嘴面带笑容,边说边笑的样子似乎是在祝他好运,但在周遭的嘈杂声里,没人听得出他说的是什么。

"2"那张嘴再次咧开,一嘴黑牙全露了出来。

邦德环顾了一下周围。拉契夫正盯着他,眼里闪着光,嘴巴张着,呼吸急促。他在等,等着邦德给荷官一个手势,或者是看到他面孔扭曲、尖叫一声瘫倒在座椅里。

"3"

邦德又抬眼看向薇思珀和菲利克斯·莱特尔。他们正面带微笑地交谈着——这两个笨蛋!马蒂斯到哪里去了?他手下那些厉害角色们呢?

"4"

再瞧瞧周围的这群看客们——一帮只会叽叽喳喳的蠢货!难道就没一个人能看出到底发生了什么吗?赌桌监督、荷官还有侍者眼睛都瞎了吗？

"5"

荷官正在整理那堆钞票，而赌桌监督正躬腰对着邦德讨好地笑着。眼见着赌注就要码放好了，一旦宣布"赌局继续"，他背后的子弹就会射出，不管是否数到了 10。

"6"

邦德横下心——他别无选择了。他小心地把手移到了桌边，握紧桌沿，然后借力把臀部向后挪了挪，靠感觉把凸起的瞄准器摩挲着缓缓地蹭到尾椎下沿。

"7"

赌场监督睁大了眼睛盯着拉契夫，等着他点头示意自己已经做好了开赌的准备。

突然，邦德用尽全身的力气猛地向后上方弹起。这瞬间的爆发力在如此短的时间内一股脑地施加在椅背的横档上，以至于别在那根手杖间的横档顿时折断，连带着在保镖还未来得及扣动扳机之前将他手里的手杖撇落一旁。

邦德也因为用力过猛，摔了个四脚朝天，跌倒在围观的人脚下。那椅背也在一声脆响后碎成几片。旁观的人惊叫着乱作一团，纷纷往后退，待发现并无大碍后方才又围将上来，齐手将邦德从地上拉起，还有人将他背后的灰屑拂去。侍者和赌桌监督见状急忙围上前来处理，要不惜一切代价避免眼前的一幕演变成一出闹剧。

邦德抓着铜栏杆，看上去满是迷惑与尴尬。只见他伸出双手在额前抹了抹。

"一时有些晕了。"他说,"没事的,有些热再加上兴奋。"

围观的人露出理解的神情——出现这种意外也是难免的,赌局这么惊心动魄。"先生,你会退出赌局吗?你要躺一会儿吗?还是回家休息?要叫医生吗?"

邦德摇摇头,表示他一切没问题。然后向赌桌上在座的各位表示歉意——包括庄家。

赌场监督重新拿来了一把椅子让邦德坐下。他抬眼看向对面的拉契夫。此刻,还活着已让他备感庆幸,当看到了那张苍白的肥脸上流露出来的些许害怕时,他瞬间感受到了胜利的快感。

桌上的人这时交头接耳、议论纷纷。紧邻邦德的两位都侧过身来表示他们的理解和同情,齐声抱怨着温度太高、时间太晚、空气污浊之类的。

邦德礼貌地给予回应。他再转过脸去看背后的人群时,已不见了那个保镖的踪影,只是侍者还在寻找那根马六甲手杖的失主。那手杖看起来完好无损,只是不见了棍尖上的橡胶套。邦德把侍者叫了过来。

"你可以把手杖交给那边那位先生,"他边说边指着菲利克斯·莱特尔,"他会帮你找到失主的,因为他认得手杖的主人。"

侍者躬身表示照办。

邦德相信,莱特尔只要稍做检查就会明白,自己刚才为什么会当众出这么大的糗。

他重又转过身来,敲了敲面前的绿色台布覆盖的桌面,表示自己已经准备停当。

第十三章　反败为胜

"赌局继续,"赌桌监督声情并茂,"赌注三千两百万!"

围观者都伸长了脖子。拉契夫伸出手掌啪的一声拍在发牌机上。紧接着,他掏出了苯丙胺喷瓶,往鼻孔里使劲喷了喷。

"真是个猥琐的畜生。"杜邦夫人在邦德旁边骂道。

邦德再一次清空了杂念——他奇迹般地从一次毁灭性打击中恢复了过来,尽管腋下还残留着刚才一败涂地时流下的虚汗。但刚才用椅子奋力一击取得的干净利落的胜利,让他将在牌桌上落败的沮丧一扫而空。

他在运用精神胜利法让自己振作起来。赌局中断了有至少十分钟,这种情况在如此高档的赌场里是前所未有的。牌局又将重启,这次不容有失。对于未定的胜负的预期让他又重新振作和兴奋了起来。

时钟已经指向深夜 2 点。这时的赌场里,除了这个被看客们重重围住的大赌台,还有三张二十一点赌桌和同样数量的轮盘赌赌桌在同时运行着。

桌上一片寂静,突然,邦德听见旁边桌上传来荷官的声音:"9点,买红、买单和买低的都赢。"这是对他还是对拉契夫的预示,他想。

发给他的那两张牌顺着眼前这波涛暗涌的绿色海面向他滑了过来。

拉契夫从台面的另一侧死死地盯着他,活像一只趴紧在岩石上的乌贼。

邦德伸出右手稳稳地拿起滑过来的那两张牌。他的心怦怦直跳——会是 9 点吗?抑或是 8 点?

他拢起双手,小心翼翼地将手中的牌慢慢展开。紧闭的牙关令下颌上的肌肉都在抖动,紧张与戒备让他整个身体都有些僵硬起来。

那是两张 Q——一对红桃 Q。

这对 Q 从手掌的阴影里斜视着他,像两个贼眉鼠眼的无赖。在百家乐中,这是最坏的牌了,牌面等于零。

"还要一张。"邦德极力掩饰住自己的绝望。这时他感觉拉契夫的目光似乎已经射进了他的脑子里。

庄家不慌不忙地掀开属于他的那两张。

他的牌面 3 点——一张 K 和一张黑桃 3。

邦德轻轻地将口中的烟气吐出——他还有机会。拉契夫拍了一下发牌器，里面弹出一张牌来——邦德的命运全寄托在它身上了，接着他将牌缓缓地掀开。这是张9，一张妙不可言的红桃9——在吉普赛人的魔术中，这张牌被称作"爱与恨的暗语"——这张牌意味着邦德已经胜券在握，但他却不动声色。

荷官小心翼翼地将这张牌移至邦德面前。然而，对于拉契夫而言，他却一无所知。在他看来，邦德手里若是1点，那现在他手里就是10点，完全没用的垃圾牌。当然，他手里握的也可能是2、3、4甚至是5。如果是这样的话，他的牌面加起来最大不会超过4点。

手握3点，如果补了一张9是最不济的结果了。补或者不补，从概率上算结果应该差不多。邦德心知庄家只有补一张6才顶多跟他打成平手，于是当他看着拉契夫在那里纠结得满头大汗时，满心是幸灾乐祸的得意与快感——若是场友好的赌局，为了不难为对手他早就摊牌了。

邦德的牌铺在他面前的台面上，其中两张露着粉红色的牌反扣在那里令人捉摸不透，紧挨着那张红桃9。在拉契夫眼里，这张9可能在说实话，或者在演绎各种诡异的谎言。

所有的秘密都隐藏在这两张粉红色的牌背下面。这时那一对Q正亲吻着绿色的台布。

汗珠顺着拉契夫鹰钩鼻子的两侧纷纷落下。他伸出厚厚的舌头舔了舔落到嘴角一侧的汗水，看看邦德的牌，再看看自己的牌，最后目光又转回去。

然后他抖擞了一下身体，从发牌器边缘抽出一张牌来，随即翻开。桌边所有的人都伸长了脖子。那是张非常不错的牌，一张5。

"庄家 8 点。"荷官念道。

见邦德依旧不动声色地坐着,拉契夫突然咧嘴贪婪地笑了起来——他想自己赢定了。

连荷官伸过去要翻起邦德的牌的牌铲都似乎带着些歉意——桌上的所有人都认定邦德必输无疑。

牌铲依旧利落地将那两张粉色的牌掀开在桌面上。霎时,那对色彩鲜艳的红桃 Q 在灯光下露出了笑脸。

"9 点。"

瞬间,桌边先是爆出一连串的惊叹,紧接着是按捺不住的喧哗与骚动。

邦德盯着拉契夫,只见这个不可一世的人瘫坐在椅子里,好像心脏被利器戳了一样。他张着嘴,心有不甘地闭了一两次,他的右手抚摸着喉咙。接着,他的身体重重地倒向椅背,嘴唇发灰。

荷官把一大堆筹码统统推到邦德的面前。这时,拉契夫从夹克的内侧口袋掏出一沓钞票扔在桌子上。

荷官快速清点起来。

"一千万法郎。"他宣布,然后从邦德的筹码中也拿出一千万法郎,放在赌桌中央。

邦德心想:到了最后的决战了,拉契夫已经无路可退,这是他最后的赌本了,此时的他正处于一小时前我的境地。但是,假如他输了,就不会再有翻盘的机会了。

邦德仰坐在椅子上,点了一根烟。他旁边的小桌上,摆着一瓶香槟和一只酒杯。邦德拿起香槟倒满酒杯,二话不说,两大口就喝个精光。

然后他往后靠在椅背上,弯曲着手臂,搭在面前的赌桌上,就像柔道选手摩拳擦掌,准备上场。

坐在邦德左边的闲家依旧沉默不语。

"跟进。"邦德盯着拉契夫说道。

再次抽出两张牌来,荷官把它们放在邦德伸出的两臂之间的绿色呢绒台面上。

邦德用右手握着两张牌,快速瞥了一眼,然后把它们翻过来,放在牌桌中间。

"9点。"荷官报告道。

拉契夫低下头,盯着自己的两张黑桃 K。

"0点。"荷官不假思索地把桌面上堆积的一大堆筹码统统推到邦德面前。

眼巴巴地看着自己输得一文不剩,拉契夫一声不吭地缓缓站起身来,从赌客们的背后走到栏杆的出口处。他取下钩子,任链子垂落在地上。围观的人纷纷散开,他们看着他,恐惧多过好奇,似乎闻到他身上散发的死亡的味道。他就这样消失在邦德的视野里。

邦德站起身来,从那堆筹码中取出十万,推给了赌桌监督,然后,他向荷官表达谢意,并请他把所有筹码送到账台。其他赌客也纷纷离座。没有了庄家,赌局也就结束了,时钟已经指向 2 点半。他愉快地和邻座的赌客们交谈了几句,然后弯身从栏杆下穿过,来到等待他的薇思珀和菲利克斯·莱特尔跟前。

他们结伴一起来到了账台。邦德被请到赌场主管的私人办公室,办公桌上邦德赢来的筹码堆积如山。他掏出口袋里的筹码也放了上去。

那足有七千多万法郎。

邦德把其中一部分兑成现金还给菲利克斯·莱特尔,余下的四千多万法郎换成里昂银行的支票。赌场的主管向他表示热烈的祝贺,并期望他第二天能接着玩。

邦德婉拒了主管的好意,随后他来到吧台,把钱还给了莱特尔。他们开了一瓶香槟,在一起聊了聊当晚的赌局,莱特尔从口袋掏出一颗4.5毫米的子弹,放在桌面上。

"枪被马蒂斯拿走了。"他说,"看到你猝然摔倒,我们都非常疑惑。事发时马蒂斯正盯在拉契夫一个手下的身后。枪手轻松逃脱了,你可以想象,当看到这只枪时,我们有多惊讶。马蒂斯让我把这颗子弹拿来给你看,你确实逃过了一劫。手杖上的暗枪是经过特殊设计的,你当时的处境确实凶险。但现在他们还找不到证据证明这是拉契夫干的。枪手是只身入场,他们找到了他领取入场证时填写的表格,当然上面的信息都是伪造的,他被允许携带手杖入内。我们还查到他还携有战时伤残福利发放证,他们确实蓄谋已久。枪手的指纹已被获取,并传真给了巴黎方面,早上我们应该会获得更多此人的信息。"

莱特尔又取出一支烟,接着说:"不管怎么说,结局是完美的,尽管过程颇为曲折,但最终你还是如我们所愿,把拉契夫打得丢盔弃甲。"

听到这里,邦德露出了微笑:"你递过来的那个信封真是雪中送炭。我当时以为自己完了——那种感觉真是糟透了。你确实够朋友,这回算我欠你的。"

他站起身来,拍了拍口袋,说道:"我得回趟酒店,把钱存放起来,我可不想带着它们在拉契夫的眼皮底下晃悠——他没准已经在预谋动手了。然后,我想还是要稍微庆祝一下,是不是?"

说着,他把脸转向了薇思珀,从赌局结束到现在,她几乎一言未发。

"睡觉前,我们要不要到洛佳朗夜总会去喝杯香槟?你可以直接过去,那里的环境很怡人。"

"我想我愿意。"薇思珀答道,"趁你回房间的时候,我想去把自己整理一下,待会直接在大堂会面。"

"那么你呢,菲利克斯?"邦德心底里是想单独跟薇思珀待一会儿。

莱特尔看了一眼邦德,明白了他的心思。

"我想在早晨前休息一会儿。"他说,"这一天可真是够忙的,估计明天巴黎方面还会给我发来指令,让我做一些扫尾工作,你就不必担心了。我想我还是陪着你一起走回酒店吧,要护送你这只宝船安全入港,我才放心。"

一轮满月挂在天上,他们踱着步子走在树下月光的阴影里,不约而同地都把手按在枪上。此时已是深夜 3 点,周围偶有几人走过,赌场的院子里还整齐地排放着汽车。

陪着邦德平安抵达酒店后,莱特尔坚持要求陪他一起回房间。这时,距邦德离开房间已经有六个小时了。

"看来没人等着接待我们。"莱特尔环视了一圈房间后说,"但我绝不会给他们铤而走险的机会了。我想我就不睡了,还是陪着你们俩吧。"

"你尽管去睡好了,"邦德说,"不必担心我们,我有妥善存放资金的办法。没了钱,他们不会对我感兴趣。感谢你所做的一切,期待下次合作。"

"我也很期待,只要你总是能在需要的时候翻出9点来,还要带上薇思珀这样的大美女。"他打趣道。说完,转身关上门离开。

邦德在舒适的房间里彻底放松了下来。

在众人瞩目的赌台前经历了三个小时令人神经紧绷的生死搏杀,现在仅是盯着床上的睡衣和镜前的梳子这样的片刻闲暇都令邦德欣慰不已。他走进浴室,用冷水清洗面部,并漱了漱口。脑后和右肩部的瘀伤在隐隐作痛,他想起,自己应该庆幸这一天两次逃脱死神的魔掌。接下来,拉契夫会携死神卷土重来吗?但对他来说,现实一点的选择还是驾一叶小舟亡命天涯去吧——要知道锄奸局的人是不会轻易放过他的。

邦德耸了耸肩,盯着镜子看了一会儿,开始畅想起薇思珀的美貌来。他渴望拥抱她那冷傲的身躯,把她颀长的娇躯压在身下,抚着她乌黑的长发,看她脉脉含情的双眸里流出激动的泪水。这景象令邦德不禁眯起了眼睛,再看镜中的自己,眼神中满是渴望。

邦德转身从口袋里取出那张四千多万法郎的支票,把它折成极小的一片。接着,他打开门,仔细地观察了一下门口的过道,发现并无一人,就任门敞开着。转回来,他一边支着耳朵听有没有脚步声或电梯开动的声响,一边拿着一柄小螺丝刀行动起来。

五分钟后,他仔细地检查了一会儿,感到满意后拿出烟匣子装满香烟,然后转身关门上锁,穿廊过厅,走进月夜的暮色里。

Casino Royale

第十四章　节外生枝

洛佳朗夜总会的大厅里此时依旧灯火通明,赌博的人们把几张赌桌围得水泄不通。当邦德挽着薇思珀的胳膊,带着她走过镀金台阶的时候,他抑制住了一种强烈的冲动,就是向出纳借点钱,全部押在离他最近的桌子上。但是,他知道这样做太草率了,无论输赢,对于既定的任务都是有害无益的。

夜总会的酒吧小而幽暗,镀金的枝形吊灯上,蜡烛发出暗淡的光,在镶金壁镜的反射下,给人一种温暖的感觉。四周的墙壁上,挂着暗红色的缎子,椅子上和长凳上铺着红色的长毛绒垫,显得相得益彰。在远处的角落里,由钢琴、电吉他和架子鼓组成的三人乐队正在演奏《玫瑰人生》,洋溢着一种淡淡的浪漫氛围,充满了诱惑。邦德想,那一对对情侣在桌子下面定是按捺不住激情而蠢蠢欲动了。

他们被领到角落里的一张桌子旁,紧挨着门。邦德要了一瓶香槟、一份炒鸡蛋,还有一块咸肉。

他们坐在那儿,听了一会儿音乐,接着邦德对薇思珀说道:"太棒了,陪你坐在这里,工作也完成了,真是一天美好的结束,这是对我最好的奖赏。"

他指望博得她的一笑。她说道:"是啊,的确。"声音略显冷淡。她似乎在专注地听音乐,一只胳膊支撑在桌子上,手托着下巴,不过用的是手背,而不是手掌。邦德注意到,她的手指关节苍白,仿佛在用力攥紧拳头。

她右手的拇指和食指、中指之间,夹着邦德的一根香烟,像画家拿着画笔一样。虽然她抽烟的时候镇定自若,不时地向烟灰缸弹烟灰,但烟头上其实没有烟灰。

邦德注意到这些细节,因为他在意她的一举一动,也因为希望她了解自己对她的感情,那就是温情和感官的享受。他接受了她的矜持。他认为这是她出于自我保护的本能,出于自己晚餐时冷漠的一种故意报复。他知道,他的冷漠是有意为之,但被她误解为拒绝了。

他耐着性子,一边喝着香槟,一边谈论着白天发生的事情,马蒂斯和莱特尔的性格,以及拉契夫可能的下场。但是他很谨慎,只涉及伦敦方面可能向她介绍的一些情况。

她漫不经心地回答着,说道,他们早就盯上了拉契夫的两个保镖,但是,当那个挂着拐杖的人走过来站在邦德椅子后面的时候,她并不认为有什么大不了的,以为在赌场不会发生什么事情。邦德和莱特尔刚离开向酒店走去的时候,她就与巴黎通了电话,把结果告诉了 M 的代表。她说话的时候非常谨慎,代表也没有表态,只是告诉她无论结果如何,她都要随时报告。因为 M 要求,无论什么时候,不管是白天还是夜晚,都要即时把信息通报他本人。

　　这就是她所说的全部。她呷着香槟,几乎不看邦德一眼。对她的不苟言笑,邦德感到很懊恼,他喝了很多香槟,接着又要了一瓶。炒鸡蛋上来了,他俩一声不吭地吃着。

　　大约 4 点钟,邦德正要准备付账的时候,酒吧主管出现在他们桌前。他询问琳达小姐是谁,并递给她一张纸条,她接过去匆匆读了起来。

　　"哦,是马蒂斯的。"她说道,"他要我到大厅,有一条关于你的消息,也许他没有穿晚礼服吧。我一会就来,然后我们回家。"

　　她勉强地向他笑了笑:"抱歉,今晚没把你陪好。今天的神经紧张得很,非常抱歉。"

　　邦德敷衍地做了回答,站起身,把椅子向后推了推。"我来付账。"他说道,看着她向门口迅速走去。

　　他又坐了下来,点燃一支烟,感到兴味索然。他突然感到自己很疲倦。酒吧里沉闷的空气,就像前天凌晨在赌场那样,使他窒息。他叫侍者拿来账单,喝下最后一口香槟。香槟的味道很苦,像无数第一杯香槟喝起来那样苦。他很想看到马蒂斯那张愉快的脸,听到他的消息,哪怕是一句祝贺的话。

　　突然间,他感到给薇思珀的纸条很奇怪,那不是马蒂斯的行事方式。一般情况下,他会要他俩都去赌场的酒吧,或者会到夜总会来加入他们,至于穿什么衣服无所谓。他们会在一起开怀大笑,马蒂斯会兴奋异常。他告诉邦德的消息,远比从邦德这里听到的多:关于另一个巴尔干人被捉到(他很可能已经招供了不少),追踪拿拐杖的人,拉契夫离开赌场后的行踪,等等。

邦德晃了晃身子,他急忙付了账,等不及找零,他推开桌子,飞速走出酒吧的门,酒吧主管和门童向他问候,他都未及理睬。他穿过赌台,目光沿着长长的过道来回打量。他骂了一句,加快了步伐。衣帽间里,只有一两个官员和两三个穿着晚礼服的男女在取自己的东西。

没有薇思珀,也没有马蒂斯。

他几乎跑了起来。他来到大门口,目光搜索着台阶的左右,只有寥寥几辆剩下的汽车。

跑堂的向他走来。

"要出租车吗,先生?"

邦德挥手让他走开,开始往台阶下走,同时眼睛四处打量着阴暗的角落,夜晚的空气使他汗津津的前额感到冰凉。

刚走到一半,他就听到了一个微弱的声响,接着,一扇门砰的一声朝右打了开来。汽车的排气管发出刺耳的叫声,一辆甲壳虫脑袋般的雪铁龙汽车从阴影里冲了出来,暴露在月光下,汽车前轮在石子路面上极速地打滑。

汽车尾部的减震在抖动着,后座上似乎正在进行激烈的搏斗。

咪啦一声,汽车碾着碎石子冲到了宽敞的大门口,一件黑乎乎的东西从开着的后车窗抛了出来,呼的一声落在了花坛上。汽车急速左转弯,轮胎的橡胶像是遭受折磨一般,发出一声尖叫。雪铁龙的排气管发出震耳欲聋的叫声,接着是急切并渐渐远去的噼啪声。汽车穿过大街两旁的商店,向滨海路驶去。

邦德知道,他会在花丛中发现薇思珀晚上用的包。

他拿着包,穿过石子路,跑回到灯光明亮的台阶上,翻找着包里的东西。门童在他周围来回走着。

那张揉皱了的纸条就在那个女士包里。

你能不能到大厅来一下?我有你伙伴的消息。

马蒂斯

第十五章　生死追击

这真是最拙劣的伪造。

邦德赶紧跑向宾利车,幸亏饭后一时冲动,把车开了过来。发动机的主风门开着,他打开启动装置,发动机立刻发动起来,轰鸣声淹没了门童的制止声。门童赶忙跳到一旁,后轮溅起的石子砸在他绲边的裤腿上。

出大门之后,汽车开到路的左边,邦德一边懊悔地自责着,一边仔细辨认着那辆前轮驱动低底盘的雪铁龙汽车的痕迹。接着,他加大油门,开始追逐,街道两旁顿时传来汽车的排气管巨大的轰鸣声。

很快,他就来到了滨海路。这是一条宽阔的公路,从沙丘中穿过。从早晨开车的体验中,他知道路面非常平坦,转弯处都装有"猫眼"反光镜。他把变速箱拉杆拼命向上提,车速上升到八十码,九十码。夜幕中,他那硕大的汽车头灯射出一道白色光芒,像是筑就了一条安全的隧道,足足有半英里长。

他知道,雪铁龙汽车一定是走的这条路,他仿佛听到汽车的排气声从镇子穿过,现在拐弯处还飘浮着些许尘土呢。他希望很快就能看见远处雪铁龙车灯射出的灯光。此刻已是夜深人静,远处的海面上有一层薄薄的雾。时不时地,他能够听见海浪拍打岸边的声音,就像戴着镣铐的牛发出的低沉的哞哞声。

他的车越开越快,大脑的另一半在骂着薇思珀,还有马蒂斯,就是他派她来做这份工作的。

这些自命不凡的女人,自认为能做男人的事。活见鬼,她们为什么不能待在家里,围着灶台,穿着连衣裙,聊聊家常,把男人的活留给男人去做呢? 真是越怕什么越来什么,瞧瞧现在:工作就要圆满完成的时候,薇思珀却愚蠢地上了一个老把戏的当,被绑架,很可能要拿赎金进行交换。把自己当成连环漫画上的女英雄一样,这个蠢猪。

一想到现在的处境,邦德就气愤得激动不已。

毫无疑问,他们绑架她的意图很明显:用那个姑娘交换他手上四千万的支票。不过,他不会这么去做的,连想都不用想。她也在谍报部门任职,应该知道这样做是行不通的。他甚至也不用去请示 M。这次行动目的的实现比她更为重要,只是让事情发展到这地步,真是太糟了。她是个好姑娘,但他不会上这孩子般把戏的当,没门。他会追上雪铁龙,拔枪跟他们决斗。但是,如果她在枪战中丧命,那也是没办法的事。他应该做自己分内的事,把她救出来,以免他们把她绑架到某个秘密据点让她受尽苦头。但是,如果他没有追上他们呢？他会回到酒店的大床上去睡觉，对此事只字不提。第二天早晨，他会问马蒂斯她发生了什么事，并且把纸条给他看。如果拉契夫威胁他，要他用钱来交换薇思珀，邦德会无动于衷，也不会对任何人说，那姑娘就听天由命吧。如果那个门童过来，说出他的亲眼所见，邦德会吓唬吓唬他，并说自己喝醉了，与姑娘大吵了一架，之后的事情就不记得了。

这个问题在邦德的脑海里翻腾着。他沿着滨海路飞速地驾驶着宾利车，自动地拐过一个个弯道，注视着驶往小镇的各种车辆。在一段直路上，增压器刺激了一下宾利二十五匹马力的马达，车子发出一声痛苦的尖叫，划破了夜空。接着，速度飙升，码表的指针指向了每小时一百一十码，一百二十码。

他知道那辆车没有自己车速快。由于带着人，雪铁龙在这种路上顶多也只能开到八十码。他突然熄灭了两个头灯，打开雾灯。果然，没有了自己车灯的刺眼光幕，他能够清楚看见沿岸一两英里远的地方另一辆车发出的灯光。

他在仪表盘下摸索着，从一个隐藏的手枪皮套里，摸出了一把长筒的点四五口径的陆军特种枪，放在身旁的座位上。有了这把枪，如果有幸遇上平坦的路面，他就有希望在一百码的距离内，击中他们的轮胎或油箱。

接着，他又打开了那两个前大灯，呼啸着追逐起来。此时，他感到心里有了底，薇思珀的生命已经不再是问题了，仪表盘上的蓝光反射出他的脸，严厉而镇定。

在前面的雪铁龙车里，坐着三个男子和那个姑娘。

拉契夫开着车,长满赘肉的身体向前弓着,双手轻轻地扶着方向盘。在他的身旁,坐着在赌场里拿手杖的那个矮胖男子。他的左手紧紧地握着一根粗撬棍,撬棍在他的身边凸显出来,差不多与地板平齐,很可能是用来调节驾驶椅的吧。

后座上坐着那个瘦高个枪手,他轻松地躺在座椅上,眼望着车顶,显然对汽车疯狂的速度毫无兴致。他的右手抚摸着薇思珀的左腿,她的左腿在他身边赤裸裸地伸了出来。

除了裸露到臀部的大腿之外,薇思珀看起来只是一个包裹。她那长长的天鹅绒裙子掀到了胳膊和头上,被一根绳子在头部拴了起来。只在她的脸部,天鹅绒被掏了一个小洞,以便让她呼吸。除此之外,她没有被捆住。她静静地躺着,身体随着车子的晃动而不由自主地颠簸着。

拉契夫一边注意前面的路况,一边留心后视镜里看到的邦德的车头灯射出的强光。他似乎泰然自若,甚至在离邦德不到一英里的地方,把车速从每小时八十英里降到六十英里。此刻,他拐弯的时候,速度更慢了。在前面几百码的地方,一根电线杆上的标志牌提醒前面是个十字路口,一条教区的小路与公路在此相交。

"注意了!"他对身边的男子厉声叫道。

男子的手又用力握紧了撬棍。

在离十字路口一百码的地方,他把速度降到了三十码。在后视镜里,邦德明亮的车头灯把弯道照得雪亮。

拉契夫似乎下定了决心。

"预备。"

他身边的那个男子陡然向上拉起撬棍,汽车的后备厢像鲸的嘴一样,大大地张了开来。路上传来一阵哐啷声,然后是一种有节奏的丁零当啷声,好像车后拖着一串长长的铁链。

"截断。"

男子又陡然把撬棍向下压,丁零当啷声最后响了一下,停了下来。

拉契夫再一次看了看后视镜,邦德的车刚刚驶入弯道。拉契夫猛地把雪铁龙车向左打,拐上了那条狭窄的岔道,同时熄灭了灯光。

他把车猛地停了下来,三个男子迅速钻出汽车。现在,十字路口已经被宾利车的灯光照得雪亮,他们在低矮的树篱的掩护下,快步向后跑去,每个人手里都拿着一把左轮手枪,瘦子的右手还握一个手雷。

宾利车像一列快车,呼啸着向他们冲了过来。

第十六章　落入陷阱

邦德娴熟地驾车飞速驶过弯道,汽车的底盘与路面擦出阵阵火花。随着两车的距离越来越近,他的脑海里也在迅速做出行动计划。他想,敌人的司机会躲避自己,一有机会就会钻进岔道。所以,当他驶过弯道,看到前面不见了灯光,于是在电线杆那里,他做出了正常的反应:放慢速度,准备刹车。

当接近右手边路面上的一块黑色物体时——他还以为是路边树木的阴影呢——虽然速度只有六十码,但是再做任何反应都已经来不及了。一小块闪亮的道钉突然出现在车右侧的下方,他一下驶了上去。

邦德自动地踩住刹车,拼命按住方向盘,防止汽车偏向左边。但是他已控制不住。轮胎从外侧车轮上脱落,轮辋在柏油路上犁出一道沟痕,笨重的车体旋涡般地打着转,滑向路的对面。嘭的一声,车的左侧猛地撞上了什么,把邦德从驾驶位上弹了出来,摔在地上。这时,汽车已是底朝天,车尾缓缓翘起,前轮打转,前灯像探照灯一样射向天空。整个汽车靠着油箱的支撑,不停地向着天空挠动,就像一只巨大的螳螂。接着,它向后轰然倒下,车身和玻璃碎成一片。

在死一般的沉寂中,左前轮悄然地转动了一会,吱的一声停了。

拉契夫和他的两个手下从几英尺远的埋伏地走了出来。

"枪收起来,把他拖出来。"他毫不客气地命令道,"我掩护,小心点,我不想要一具死尸。快点,天快亮了。"

两个手下跪了下来。其中一个抽出把长刀,把折叠式车篷边缘的一块布割了下来,抓住邦德的肩膀。他已经失去了知觉,一动不动。另一个在汽车和路肩之间挤出一条缝,他钻进变了形的窗框,把邦德的双腿(夹在方向盘和车篷之间)松下。通过车篷上的一个洞,两人把邦德一点一点地挪了出来。

他们把邦德弄到地上躺下的时候,浑身又是汗又是泥,污秽不堪。

瘦子摸了摸邦德的心脏,然后左右开弓,抽打他的脸庞。邦德嘴里发出呻吟声,手动了一下。瘦子再次抽打起来。

"够了。"拉契夫说道,"把他的手捆起来,扔进车里去。接住。"他扔给瘦子一卷花绳索,"先掏空他的口袋,把他的枪给我。他可能还有别的武器,等下再好好搜一下。"

瘦子把从邦德口袋里搜出的东西递给他,他看也不看便把这些东西和邦德的贝雷塔手枪一起塞进他那宽大的口袋。他让两个手下留下清理,自己走回车内,脸上看不出是高兴还是激动。

绳索勒进手腕,一阵剧痛,使邦德苏醒过来。他感到浑身疼痛,仿佛被木棒抽打过一般。但是,当他被猛地拽起来,推向狭窄的岔道时——那里,雪铁龙车的引擎发出柔和的转动声——他发现身上的骨头完好无损。他知道这时反抗和逃跑都是徒劳的,便顺从地由着他们把自己拖进汽车的后座。

此时的他非常虚弱,无论在精神上还是在肉体上都心灰意懒。在过去的二十四小时里,他经受得太多,现在,敌人的最后一击几乎是致命的。这一次,不再会有奇迹发生了。没有人知道他的下落,不到上午,没有人会想起他的。很快,他的汽车残骸就会被人发现,但是要弄清车主的身份又会花费不少时间。

薇思珀呢?他向右边瞥了一眼,瘦子闭着双眼,躺在那儿。邦德看到她第一个反应就是鄙视。该死的傻姑娘,被捆得像一只等待烹饪的鸡一样,裙子蒙在脸上,整个人就像是一堆破衣烂衫。接着,他又为她感到难过,裸露着双腿的她是那么幼稚,那么无助。

"薇思珀。"他轻声喊道。

角落里的那捆东西没有反应,邦德突然感到浑身冰凉,但这时她轻轻地动了动。

与此同时,瘦子用手背对着他的心脏部位重重地击了一下。

"闭嘴。"

邦德疼得要命,他蜷起身子,防备再一次打击,但这一次遭到打击的是他的脖颈。兔子蹬腿似的,他弓起身子,疼痛的呻吟从牙齿缝中挤了出来。

这一次,瘦子用的是手掌的边缘猛击,非常专业,精确无比,而且毫不费力。现在,他又躺了回去,闭起双眼。这是一个浑蛋,使你感到害怕,邦德真希望有机会能干掉他。

突然间,汽车的后备厢被打了开来,传出哐啷的撞击声。邦德猜想,他们是在等待第三个人,这个人是去取回那块布满钢钉的钢板,那一定是根据战时法国游击队截击德国运兵车的装置改装成的。

见识到了这伙人的工作效率,以及他们所用的精心设计的装置,邦德心里忍不住暗暗埋怨 M 低估了他们的能力。但理智告诉他,应当知道这一切的是他自己,他应当留意种种细枝末节,小心应对才是。他感到羞愧难当,当敌人在紧锣密鼓地准备反击时,自己却在悠闲地品尝着香槟酒。他诅咒自己,诅咒自己的狂妄,这种狂妄使自己深信战斗已经结束,敌人已经四散溃逃。

整个过程,拉契夫一言不发。后备厢一关上,第三个人就爬了进来坐在邦德的身边,邦德立刻认出他来。拉契夫把车迅速倒进大路,嘭地拉动变速箱的操纵杆,速度很快达到七十码,车子沿着海岸向前开去。

现在天色已经发亮——大概凌晨 5 点了——邦德猜想,再有一两英里,他们就会拐进拉契夫的别墅。他没有想到他们竟会把薇思珀也带到那儿。现在他意识到,薇思珀只是一只诱饵,整个阴谋已经清清楚楚。

这想法令他非常沮丧。从他被俘以来,邦德首次感到恐惧,一种深入骨髓的恐惧。

十分钟之后,雪铁龙左拐,沿着一条岔道又开了约一百码,岔道的两侧是葳蕤的杂草,然后车子穿过一对破败的拉毛粉饰的石柱,来到一个四周围着高墙的杂乱的庭院。他们在一扇油漆斑驳的白色门前停了下来。门框上有一个锈迹斑斑的电铃按钮,电铃的上方,有几个小小的木底锌字,上面写着"梦行者别墅",下面是"请按门铃"四个字。

从水泥的正面,邦德能够看出,别墅的风格是典型的法式海滨风格。他能够想象,为了夏季出租,别墅的主人临时叫来清洁女工,匆匆地扫掉死去的绿头苍蝇,打开窗透透房间里污浊的空气。每隔五年,房间就会重新刷一遍新鲜的白灰,屋外的家具也会被粉饰一番。在那几个星期里,别墅会以一副崭新的面孔迎接租客。然后,连绵的冬雨还有被困在屋内的苍蝇,很快又让别墅回现一幅被人遗弃的景象。

邦德想,这种偏僻的别墅正符合拉契夫的要求。从自己被俘以来,他们一路都没有看到其他任何房屋。通过前一天的观察,他知道,在通往南方的路上,绵延数英里才能偶尔见到一座农场。

瘦子的胳膊用力捣着邦德的肋骨,把他往车外赶,骨头发出尖锐的声响。他知道,在这个无人知晓的地方,拉契夫会亲自照看他俩几小时。想到这,他有些毛骨悚然。

拉契夫用钥匙打开门,然后走了进去。晨曦中,薇思珀显得那么难以置信地狼狈,紧接着她被推搡着进了门,身后传来滔滔不绝的猥琐的法语。邦德知道说话的家伙,是那个科西嘉人。邦德跟了进去,没有给瘦子留下推搡的机会。

钥匙在前门的锁眼里转动着。

拉契夫站在右边一个屋子的房门口,他向邦德伸出一只细长的手指,勾了勾,并不作声,示意邦德走过去。

薇思珀沿着走廊,被领到屋子的后面,这时,邦德突然做出一个决定。

他向后狠命一脚,踢中了瘦子的下巴,瘦子发出一声痛苦的尖叫,摔倒在薇思珀身后的过道上。他的武器只有两只脚了,脑海里来不及做任何计划,只是想尽量给那两个枪手一些颜色看看,与姑娘匆匆地说上两句。不可能有什么计划了,他只是想告诉她不要屈服。

科西嘉人转过身来的时候,邦德已经来到他身边,飞起右脚踢向他的裆部。

科西嘉人像闪电一般撞到走廊的墙上。当邦德的脚呼啸着扫过他的屁股时,他迅速地抽出左手,非常精准地一把抓住邦德的鞋帮,拼命地扭住。

这时,邦德的身体完全失去了平衡,他的另一只脚也离开了地面。他的身体在空中扭动着,身后巨大的力量使他撞向一旁,摔倒在地。

有好一会儿,他躺在那儿,身上气息全无。接着,瘦子走了过来,揪住他的衣领,把他拖了起来,靠在墙上。瘦子拿着枪气势汹汹地逼视着他,然后慢腾腾地弯下身用枪托恶狠狠地砸向他的胫骨。邦德痛苦地呻吟着弯下了腰。

"你如果再不老实的话,下次就把你的牙砸掉。"瘦子用蹩脚的法语说道。

有扇门被哐地关上了,薇思珀和科西嘉人不见了。邦德把头扭向右边,拉契夫往过道挪了几步。他竖起手指又勾了起来,接着开始说话了。

"过来吧,我亲爱的朋友,我们这是在浪费时间呢。"

他说的是地道的英语,声音低沉、柔和,不慌不忙,毫无表情。像是个医生,在召唤候诊室里的下一个病人。这是一个歇斯底里的病人,刚刚与护士进行过无力的争辩。

邦德再一次感到羸弱、无能。科西嘉人像一个柔道高手一样轻轻松松就把自己制服了。而那个瘦高个对他以其人之身还治其人之道的回击,也是那样从容与自信。

几乎是温顺地,邦德回到走廊。笨拙地反抗这些家伙的企图,只会令他又徒增了几个伤痕罢了。

当他跟着瘦子跨过门槛的时候,他知道自己已经完全在他们的掌控之下了。

第十七章　痛不欲生

房间很大,但是空荡荡,稀疏地摆放着几件廉价的法国新艺术风格的家具:一个镶着镜子的餐具柜,看起来不结实,露出一只橙色的碎纹釉陶瓷果盘;两只经过油漆的木质烛台占据了门对面墙上大部分空间,与对面摆着的褪了色的沙发的搭配极不着调,很难说房间是想用作客厅还是餐厅。

在房间的正中央,雪花石膏天花板的灯光下,没有桌子,只有一小块满是污渍的正方形地毯,地毯是未来派的设计,上面的色彩与棕色的地板对比鲜明。

窗户的旁边,是一把看起来很不协调的橡木雕刻的大椅子,上面是红色的天鹅绒坐垫;一张矮桌,桌上摆着一只喇叭口空玻璃水瓶和两只杯子;一只圆藤木轻扶手椅,上面没有椅垫。

半掩着的百叶窗帘使窗外的景色变得暗淡,但清晨的阳光却能照射在这几件家具上,照射在铺设鲜亮的墙壁上,照射在满是污渍的棕色地板上。

拉契夫指着那把藤椅,对瘦子说道:"那很好。马上准备,他如果反抗,就教训他。"

他转向邦德。他那张大脸盘上毫无表情,圆圆的眼睛也显示不出兴趣。"把衣服脱下,每反抗一次,巴齐尔就掰断你一根手指。我们是认真的,你的健康,我们不感兴趣。你是死是活,就看我们谈话的结果了。"

他向瘦子做了个手势,就离开了房间。

瘦子的第一个反应很奇怪。他打开了那把割邦德车篷时用过的折叠刀,拿过那只小扶手椅,只一下,就把藤椅的椅面割了开来。

接着,他走到邦德身旁,把仍旧打开的折叠刀,像钢笔一样插入上衣的口袋里。他把邦德转个身,对着灯光,把手腕上绑着的花线解了开来。然后,他迅速站到一旁,刀又回到他的右手。

"快点。"

邦德站着,握了握红肿的手腕,琢磨着如果反抗的话,会浪费多少时间。他仅仅迟疑了一小会儿。瘦子快步向前,空着的手向下一挥,一把抓住他晚礼服的衣领,把衣服拽了下来,邦德的双臂被按在背后。邦德像往常一样,单膝跪地,反抗着这种警察的老把戏。但是,他跪下的时候,瘦子也跟着跪倒在地,同时,刀也在邦德的身后划了下来,邦德感到刀顺着他的脊梁骨向下划去,随之而来的是刀片划破布料的嘶嘶声。他外衣的两半向前掉落的时候,他的双臂突然恢复了自由。

他嘴里骂了一声,站起身来。瘦子又回到他原先的位置,刀握在手。邦德让割成两半的晚礼服掉落地上。

"快。"瘦子说道,声音里透出一丝不耐烦。

邦德盯着他的眼睛,然后慢慢地开始脱下衬衣。

拉契夫一声不吭地回到房间,手里拿着一只茶壶,闻起来有点像咖啡。他把壶放在窗边的小桌子上,在旁边还放上两件别的物件:一根三英尺长的用藤条编制用来为地毯除尘的物件,还有一把切刀。

他舒服地坐在那把大椅子上,向一只杯子里倒上咖啡,然后用一只脚把小扶手椅向前钩了钩,钩到自己的对面。现在,扶手椅的座椅已经是一个圆形的空木架了。

邦德赤裸地站在房间的中央,白色的躯体上显露出青淤的伤痕,灰色的脸庞,一副疲倦的神色,他知道马上要发生什么。

"在那坐下。"拉契夫朝他面前的椅子点了点头。

邦德走过去坐了下来。

这时,瘦子拿出一截花线,把邦德的手腕绑在椅子的扶手上,脚踝绑在椅子的前腿上。他还把一根双股线绕过邦德的胸前,穿过腋下,绑到椅子背上。他的每一个结打得都准确无误,不敢有丝毫怠慢,使绳子深深地嵌入邦德的肉里。椅子的腿也叉得很开,邦德想摇晃一下都不可能。

他已经是一个彻头彻尾的囚犯了,一丝不挂,软弱无助。

他的屁股和下体从椅子的座椅上陷了下去,快碰着地板了。

拉契夫朝瘦子点点头,瘦子悄悄地离开房间,关上了门。

桌子上有一包烟,还有只打火机。拉契夫点燃了一根烟,从杯子里吞下一口咖啡。然后,他捡起那藤条,把手舒适地放在膝盖上,这样,那个扁平的三叶形底座就直接位于邦德的椅子下了。

他盯着邦德,目光凶狠毒辣。突然他把放在膝盖上的手腕猛地一抖。

后果是骇人的。

一阵剧痛传来,邦德不由自主地发出阵阵痉挛。无声的尖叫令他的面部肌肉变形,双唇不停地颤抖把牙齿暴露出来。与此同时,他的头猛地向后一甩,露出脖子上的强壮肌腱。刹那间,他身上的肌肉一块块地暴凸出来,脚趾和手指抠在一起攥得发白。接着他的身体开始下垂,汗珠子布满浑身上下。他发出了一声痛苦的呻吟。

拉契夫等着他睁开双眼。

"明白了吗,亲爱的孩子?"他满脸慈悲地笑道,"现在清楚你的境况了吧?"

一滴汗珠从邦德的脸颊上滚下来,落在了他裸露的胸脯上。

"现在,我们开始干正事,看看我们是否能把你惹出的麻烦尽快解决掉。"他兴奋地抽着烟,同时用他那可怕的刑具,警告性地敲打着邦德椅子下的地板。

"我亲爱的孩子,"拉契夫像个父亲在给儿子训话,"赌局已经结束了,彻底结束了。不幸的是,你现在在玩仅供成人玩的游戏。现在你知道了,这种游戏可不好玩。我亲爱的孩子,你远在伦敦的家长,只让你拎着玩沙滩游戏的锹和桶,来到这里跟成年人玩这种游戏。他们真是太愚蠢了,而你也太倒霉了。

"不过，我们必须停止开玩笑了，我亲爱的小家伙。但是我相信，你愿意跟着我，把这种告诫式的好玩的小故事演绎下去。"

突然，他停止了这种调侃的语调，尖锐地恶狠狠地看着邦德。

"钱在哪儿？"

邦德用布满血丝的眼睛茫然地回望着他。

拉契夫挥起手腕又一次猛地抽过去，再一次，邦德浑身蠕动着、扭曲着。

拉契夫等待着，直到那颗被折磨的心脏舒缓了些，直到邦德的眼睛再次茫然地睁开。

"也许我应当解释一下，"拉契夫说道，"我打算继续打击你身体的敏感部位，直到你回答我的问题。我没有怜悯，也不会温和。没有人会在最后一刻来救你，你也没有可能逃出去。这不是一个浪漫的冒险故事，坏人最后被打败，英雄被授予奖章，娶了那个漂亮的姑娘。不幸的是，这种事情在现实中是不存在的。如果你继续顽固下去，你就会被折磨得发疯，然后那个姑娘会被带进来，我们会当着你的面折磨她。如果这还不够，你们就会被折磨致死。我也只好很无奈地跟你们俩的尸体告别，然后我会住进一幢舒适的海外别墅，那是已经安排好了的。在那儿，我会找一份收入颇丰的职业，和家人一起，安度晚年。所以，你瞧，我亲爱的孩子，我会毫发无损。如果你能把钱交出来，那就相安无事；如果不交出来，我也无能为力，只好按既定的方案行事了。"

他停了停，手腕轻轻地搭在膝盖上，那藤条碰到邦德的时候，邦德的肉体下意识地退缩了一下。

"但是你,我亲爱的伙伴,你只能祈求我的宽恕,使你不再遭受折磨,宽恕你的性命。别的出路,绝对没有,不是吗?"

邦德闭上双眼,等待着剧痛的再次降临。他知道,刚开始受刑的时候是最难熬的。痛觉是呈抛物线状分布的,疼痛会逐渐加强,达到顶峰,然后神经会变得麻木,反应逐渐迟钝,直至失去知觉进而死亡。他所能做的,只能是祈祷,祈祷顶峰的到来,祈祷自己的精神能够坚持下去,然后接受那种漫长的滑行,直至最后跌落进那永恒的黑洞里。

遭受过德国人和日本人的刑讯却侥幸活下来的同事曾经跟他说过,受刑到最后,你会经历一个奇妙的阶段,温暖而倦怠,甚至能感受到一种交欢时才有的快感。这时,疼痛变成愉悦,对折磨者的憎恨和恐惧变成受虐狂的痴迷。他还被告知,要避免因拷打而表现得晕头转向,这时候是对意志的最高考验。这时,敌人要么懒得再花费力气而给你个决绝的了断;要么就会放松对你的拷打,让你的神经恢复一些,之后再更加暴虐地折磨你,以让你屈服。

拉契夫一直在等待着这一刻。藤制工具像响尾蛇一样从地板上跳了起来,它不停地抽打着,邦德尖叫着,身体在椅子里扭动、撞击,像一只牵线木偶。

邦德被折磨得阵阵痉挛,只是当他被打得筋疲力尽动弹不得时,拉契夫才稍事停止。他坐了一会,呷了两口咖啡,皱了皱眉头,就像一个外科大夫在一个复杂的手术过程中观察心电图一样。

看到邦德的眼睛眨了一下睁开时,他带着不耐烦的神情再次开口。

"我们知道,钱就在你房间的某个地方。"他说道,"你用支票兑了四千多万法郎,据我所知,你回到酒店把支票藏了起来。"

一时间,邦德感到很诧异,他怎么会这么确定?

"你一离开房间去夜总会,"拉契夫继续说道,"我的四个手下就搜查了你的房间。"

芒茨夫妇一定帮了他们,邦德想道。

"我们在你的房间里搜出了不少你藏匿的东西。洗脸间的浮球阀那里有一本很有意思的密码簿,还发现一些文件就粘贴在抽屉的背板下面。全部家具都被拆开,你的衣服、窗帘和床单也被割开,房间被我们挖地三尺地搜了一遍,凡可拆除的都拆了。你真是太不幸了,我们没有找到支票。如果找到了,你也许现在就会舒适地躺在床上同漂亮的琳达小姐燕好,而不是像现在这样悲惨。"他又猛地甩动手里的藤条。

透过疼痛的红色薄雾,邦德想到了薇思珀。他能够想象,那两个保镖会如何对待她。在拉契夫派人叫她之前,他们尽情地蹂躏她。他想到了科西嘉人的肥胖湿润的嘴唇,想到了瘦子的慢条斯理的残忍。这个可怜的东西竟被拖进这种境地,真是个可怜的混蛋。

拉契夫又开始说话了。

"折磨是一件可怕的事,"他一边说一边吐着烟圈,"但对折磨者来说,这事很简单,尤其当病人,"他说这个字的时候笑了笑,"是个男人的时候。你看,我亲爱的邦德,对男人来说,没有必要显得优雅。用这个简单的工具,或者用任何其他的物件,我们就可以随心所欲地对一个男人造成巨大疼痛。不要相信在小说里读到的关于战争的描述。没有比这再糟糕的了,不仅仅是眼前的极度痛苦,而且你还要想到——你作为男人的功能会慢慢地被摧毁,并且如果你不屈服,你最终就不再是真正意义上的男人了。

"我亲爱的邦德,想一想那是多么凄惨和可怕。对身心来说,是一长串极度的痛苦。在最后,你会尖叫着乞求我杀死你。这一切都是不可避免的,除非你告诉我钱藏在哪儿了。"

他又向杯子里倒了些咖啡,一饮而尽,嘴角边残留了些棕色的印迹。

邦德的嘴唇在蠕动着,他在试图说些什么。最后,他用沙哑的喉咙咕哝出一个字来:"水。"他把舌头伸了出来,湿了湿干燥的嘴唇。

"当然可以,我亲爱的孩子,原谅我太粗心了。"拉契夫往另一只杯子里倒了些许咖啡。这时绑着邦德的椅子周围的地板上,浸湿了汗水。

"不能把你弄得口干舌燥的。"

拉契夫松开紧握着的藤条,把它放在两条腿之间的地板上,然后从椅子上站起来,走到邦德的身后,一只手抓住他潮湿的头发,把邦德的头猛地向后一拽,端起杯子一小口一小口地把咖啡顺着邦德的喉咙向下灌,以防把他呛着。然后,他把手松开,邦德的头又落回去垂在胸前。他又走回自己的椅子,捡起那根藤条。

邦德抬起头,用含混的声音说道:

"拿到那笔钱你也跑不掉的,"他的声音很费力,也很沙哑,"警察会盯上你的。"

费尽力气说完后,他的头又一次向前耷拉下去。他有一点点,也仅仅是一点点夸大自己的身体状况。任何事情,只要能赢得时间,只要能延缓下一次剧痛的到来,都成。

"啊,我亲爱的伙计,我忘记告诉你了。"拉契夫像狼一样地诡笑道,"我们在赌局之后再次相遇,你真是个有公平竞赛精神的人,你同意我们再赌一次,就我俩。你非常具有骑士精神,真是个典型的英国绅士。

"不幸的是,这回你输了,这使你十分懊恼。于是,你就决定马上离开王泉小镇,去一个无人知晓的地方,但你是一个真正的正人君子,你很友好地给我留了封信,解释了你的处境,这样,我就会不费吹灰之力将你的支票兑现。你瞧,亲爱的孩子,一切都已经安排周全了,你不用为我担心。"他咯咯地笑了起来。

"我们现在还继续吗?我有的是时间,而且事实上,我非常有兴趣,我想看看,一个男人在这种特殊形式的……呃……鼓励下到底能撑多久。"他把藤条在地板上敲得嘎嘎响。

这么说,那就是自己的终点了,邦德想。那个"无人知晓的地方"会在地下,在海底,或许就在他那辆翻覆的宾利车下面。啊,如果他非得死去,他不如选择最曲折的方式吧。他不奢望马蒂斯或者莱特尔能及时相救,但他希望尽可能多拖一会儿,至少有机会让他们抓住拉契夫。时间一定快到7点了,现在,汽车没准已经被发现了。这决定便是要选择和魔鬼多待一段时间,拉契夫折磨邦德的时间越长,他就越有可能遭到报应。

想到这,邦德抬起头,死死地与拉契夫对视着。

对手白色的眼珠现在已充满了血丝,就像是两颗在血液里煮过的黑加仑子;宽宽的脸庞,除了黑色的毛胡楂子覆盖的地方,都是蜡黄蜡黄的;嘴角上的黑咖啡残留给人一种皮笑肉不笑的假象,从百叶窗照射进来的阳光映在那张脸上,忽明忽暗。

"不,"他干脆地说道,"……你。"

拉契夫嘟哝着,他勃然大怒,又起劲地抽打起来,偶尔像野兽一样咆哮一声。

十分钟之后,邦德陷入了昏迷,失去了痛感。

拉契夫当即停了下来。他抡着那只空闲的手,抹去脸上的汗水,接着看看手表,似乎要做什么决定。

他起身,站到那个一动不动淌着汗水的躯体身后。邦德的脸上和上身没有一丝血色,若不是在心脏的外皮那里有微微的颤动,人们还以为他已经死去了呢。

拉契夫揪着邦德的耳朵,拼命地扭着。然后,他将身子前倾,狠命地抽打他的脸颊,每打一次,邦德的头都甩向一边,一会儿向左,一会儿向右。慢慢地,他的呼气变得沉重,从他那耷拉的嘴里,传出了动物般的呻吟声。

拉契夫拿着一只咖啡杯,倒了些咖啡在邦德的嘴里,再把剩下的泼在他的脸上。邦德的眼睛慢慢地睁开了。

拉契夫回到自己的座椅,等待着。他点燃一支香烟,默默地注视着对面地板上的一摊血,上面的身体一动不动。

邦德又一次可怜地呻吟起来,声音很奇怪,不像人的声音。他的眼睛睁得大大的,目光呆滞地望着折磨他的人。

拉契夫说话了。

"结束了,邦德。我们之间的交流结束了,明白?不是杀你,而是不跟你谈了。马上,我会把那姑娘带进来,看看能否从她身上搞点什么出来。"

他身子向桌前探去。

"你太让我失望了,邦德。"

第十八章　九死一生

意想不到的是,这时第三个声音出现了。之前一小时的拷问,与拷打他的恐怖声音之间的对话,已使得邦德的感官变得模糊,几乎不能再听清任何东西。突然,他又部分地恢复了意识。他发现,自己又能看得见听得到了。他能够听见,从门口传来的低沉的声音,随后就是死一般的沉寂。他能够看见,拉契夫慢慢地抬起头来,脸上露出迷茫而惊讶的表情,先是一脸无辜,慢慢地又变成了恐惧。

"坐着别动!"那个声音很平静。

邦德听到,背后缓慢的脚步声越来越近。

"放下!"那个声音又响起。

邦德看见,拉契夫顺从地张开手,刀咚的一声掉在了地上。

他拼命地想从拉契夫的脸上看明白他的身后发生了什么事,但他所能看到的,只是莫名的不解和恐惧。拉契夫的嘴动了动,但只是发出了尖尖的"是"的声音。他的嘴极力地想聚集足够的口水，来说一点或问一点什么，但他那宽大的颧骨只是颤抖不已。他的手在大腿上轻轻地颤抖着，其中一只手朝着口袋方向稍稍移动，但突然又缩了回去。他那圆圆的、专注的眼睛低了一下，邦德猜想有一支枪瞄着他。

一阵沉寂。

"锄奸局！"

这个字几乎是随着一声叹息发出来的，又是那么决绝，仿佛什么也不用说。这就是最后的解释，是决定他命运的声音。

"不，"拉契夫说道，"不，我……"他的声音变得越来越小。

也许他是想解释，想道歉，但是他一定是看到那人的脸色了：毫无用处。

"你的两个手下都死了。你这个蠢货、窃贼、卖国贼，苏联派我过来除掉你。你很幸运，时间只够我枪毙你。我得到的指令是，尽可能让你死得痛苦些。你干的勾当真是贻害无穷。"

浑厚的声音停了下来，屋子里一片沉寂，只有拉契夫急促的喘息声。

屋外某个地方，一只小鸟在开始啁啾，被唤醒的乡间不时传来其他生物的窸窣声。阳光变得越来越强烈，拉契夫脸上的汗水在阳光下闪烁。

"你认不认罪？"

邦德挣扎着想让头脑更清醒些。他使劲地睁开眼睛，摇了摇头，想回过神来，但他的整个神经系统已经麻木了，没有信息传递到肌肉中来。他只能够注视面前的那张苍白的大脸,盯着他突出的眼睛。

一串细细的口水从张开的嘴里流了出来,挂在下巴上。

"认罪。"那张嘴说道。

传来了一声尖锐的啪声,那声音只有从牙膏管里挤出气泡的声音那么大。突然,拉契夫长出了另一只眼睛——与其他两只眼睛平齐的第三只眼睛,就在额头下大鼻子开始隆起的那个部位。这是一只小黑眼,没有睫毛,也没有眉毛。

有好一会儿,这三只眼睛向房间的对面望去,整张脸缓缓地向下滑,耷拉在膝盖上。外边的两只眼睛颤抖着向上,朝着天花板。接着,沉重的脑袋倒向一边,右肩,之后是整个上半身斜靠在椅子的一边扶手上,仿佛生病了一样。两只脚在地板上蹬了几下,然后便一动不动了。

高大的椅背无动于衷地看着倒在它怀里的尸体。

邦德的背后传来轻轻的脚步声,身后伸过来一只大手,抓住他的下巴,扭了过来。

邦德的眼睛朝上,盯着狭窄的黑面罩后露出的两只发光的眼睛好一会儿。帽檐下是一张瘦削的面孔和一件黄褐色雨衣的衣领。他还没来得及看仔细,头便被再次按了回去。

"你很幸运,"那个声音说道,"我没得到指令要杀死你,你的命算是逃过了两劫。但是你回去告诉你的组织,锄奸局手下留情只有两个原因,一个是偶然,一个是错误。按你的情况,我来的时候你还没死是出于偶然,现在我不杀你则是出于错误。因为像你们这样如同苍蝇围着狗屎一样地图谋这个卖国贼的外国特务,上级是应该授权我格杀勿论的。

"不过,我要给你留个念想。你是一个赌徒,你玩牌,要是有那么一天,你跟我们的人一起在赌台上对垒,要让他们知道你是个英国特务。"

脚步移动到邦德的右后边,这时,传来小刀打开的咔啦声。一只穿着灰色布料的手臂进入了邦德的视野,一只毛茸茸的大手从脏兮兮的衬衣袖口露了出来,手上拿着像钢笔一样的匕首。匕首停在了邦德的右手背上——他的手被花线捆在椅子的扶手上,动弹不得。匕首的刀锋先迅速地在邦德的手上划了三下,接着第四下把前三下连在一起,快碰到手背关节处,呈现一个倒 M 的形状。血从划口处流出,慢慢地开始滴到了地板上。

与邦德已经遭受的折磨比起来,这种疼痛微不足道,但却足以使他再一次陷入昏迷之中。

脚步声悄悄地穿过房间,门静静地关上。

在寂静中,夏日快乐而柔和的声音从关闭的窗户钻了进来。在左手的墙壁上,高高地悬挂着两块粉红色的光斑,它们是 6 月的阳光透过百叶窗照在地板上几英尺外的两摊血上折射回来的光。

随着时光的流逝,粉红色的光斑沿着墙壁在慢慢地移动,慢慢地越变越大。

第十九章　病人邦德

当觉察到是在做梦的时候,就说明梦要醒了。

在那之后的两天时间里,邦德一直都处于这种状态之下,却没有苏醒过来。他看着梦中的一幕幕情景,虽然许多都非常恐怖和痛苦,但他却不愿做出半点努力,打断这个过程。他知道自己是在床上,也知道是在躺着,不能动弹。有一次,他恍恍惚惚地意识到身边站着人,但他没有努力睁开眼,以重新进入这个世界。

他感到在黑暗中更加安全,于是他紧紧拥抱住眼前的黑暗不放。

第三天早晨,一个血淋淋的噩梦把他惊醒,他浑身颤抖,大汗淋漓。他的额头上有一只手,他将这只手与自己的梦联系起来。他试图抬起手臂,将它挥到一边,挥到它主人那里去,但是他的手臂动弹不得,因为被绑在床边。他的整个身子都被打了绷带,一大块白色棺木样的东西将他从胸到脚盖了起来,挡住了他的视线,使他看不见床尾。他大声地骂出一连串的污言秽语,但是这种努力花完了他的全部力气。他的声音越来越小,最后变成了啜泣。孤独、凄凉、委屈的泪水里从他的眼睛汩汩流出。

一个女子的声音发了出来,他渐渐地听懂了她所说的话。声音似乎很友善,他慢慢地理解了:她在安慰他,她是朋友,不是敌人。他简直不能相信。他一直确切地认为,自己还是个俘虏,折磨马上又要开始。他感到,自己的脸被一块凉爽的布轻轻地擦拭,闻起来有薰衣草的香味。接着,他又回到他的睡梦中去了。

几小时后他再一次醒来的时候,所有的恐惧都烟消云散了,他感到的只是温暖和倦怠。阳光照进了明亮的房间,花园里的声音透过窗户传了进来。隐隐地,他听到不远处传来海浪轻轻拍打海岸的声音。他移动头的时候,听到了一阵沙沙声。一个一直坐在他枕边的护士站起身来,进入他的视线。她很漂亮,微笑着用手搭着他的脉。

"啊,太让人高兴了,你终于醒过来了。在我的一生中,我从来没有听过这样可怕的语言。"

邦德朝她回笑着。

"我在哪儿?"他问道,奇怪自己的声音听起来坚定、清晰。

"你在王泉镇上的疗养院,我被从英国派来照顾你。我们有两个人,我是吉布森护士。现在你静静地躺着,我去告诉医生你醒了。他们把你送进来后,你就一直昏迷,我们都很担心。"

邦德闭上双眼,在脑海里感受着自己的身体。最痛的地方是在手腕、脚踝以及被俄国人用刀划过的右手。身体的中央没有感觉,他想,自己可能做了局部麻醉。身体的其他部位都在隐隐作痛,似乎全身都遭受过毒打。他能够感觉,到处都有绷带的压力。他那没有刮过的脖子和下巴戳着床单。从胡子猪鬃般的感觉来看,他知道,他一定至少三天没有刮过胡子了。也就是说,被毒打的那个早晨离现在已经有两天了。

他在脑海里准备着一份简短的问题列表的时候,门开了,医生走了进来,后面跟着护士,最后面是亲爱的马蒂斯的身影。马蒂斯咧着嘴笑着,但露出忧虑的神色。他一只手指放在嘴唇上,踮着脚走到床前坐了下来。

医生是法国人,长着一副年轻聪慧的面孔,受二处的派遣来照看邦德的病情。他进来站在邦德的床边,把手放在邦德的前额上,同时看着床后的温度表。

他说起话来直截了当。

"我亲爱的邦德先生,你有许多问题要问吧。"他用极好的英语问道,"大多数问题的答案,我都能回答你。我不想浪费你的力气,所以,我只给你重要的事实,然后,你可以有几分钟的时间与马蒂斯先生交谈,他想从你这里获取更多的细节。现在谈这个还为时过早,我想让你的大脑放松放松,这样,我们就能继续修复你的身体,而不干扰你的大脑。"

吉布森护士拖过来一把椅子给医生,然后离开了房间。

"你在这里已经有两天了,"医生继续说道,"一个农民在去镇上市场的路上发现了你的车,于是就报了警。经过一些耽搁后,马蒂斯先生听说是你的车,就立即和他的手下来到诺克坦布尔。他们发现了你和拉契夫,还有你的朋友琳达小姐。她没有受伤,根据她的叙述,也没有受到侵害。她只是吓坏了,但现在已经完全康复,在酒店休养呢。伦敦的上级指示她留在王泉小镇,接受你的指令,直到你身体恢复返回伦敦。

"拉契夫的两个枪手已经死了,两个人的后脑勺都遭到一颗3.5毫米子弹的枪击。他们的面孔毫无表情,显而易见,他俩是在完全没有察觉的情况下被射杀的。琳达小姐就是在同一个房间被发现的。拉契夫死了,两眼之间遭到同样武器的射击。你有没有看见他是怎么死的?"

"看见了。"邦德说道。

"你自己的伤势很严重,虽然失了大量的血,但你的生命没有危险。如果一切顺利,你会完全康复,身体的功能不会受到任何伤害。"医生严肃地笑道,"但是,我担心你的疼痛还会持续几天的时间,我会努力尽量使你舒适些。由于你已经恢复了意识,你手臂上的限制可以被解除,但是你不能移动身体,所以你睡觉的时候,护士要把你的手臂再捆起来。最重要的是,你得休息好,恢复你的体力。眼下,你还处在严重的精神休克和身体休克的状态。"医生稍事停了一下,"他们虐待你多长时间?"

"大概一个小时吧。"邦德说道。

"真了不起,你还活着,可喜可贺啊。你所遭受的,几乎没有人能够挺过来。这也算是一种安慰吧。马蒂斯先生可以告诉你,我曾经治疗过若干与你经历类似的病人,但没有一个像你一样挺了过来。"

医生看了邦德一会儿,然后唐突地转向马蒂斯。

"你可以有十分钟的时间,然后你将被赶走。如果病人的体温上升,你要负责。"

他向两人咧嘴笑了一下,离开了房间。

马蒂斯走过来,坐在医生的椅子上。

"他是个好人,"邦德说道,"我喜欢他。"

"他归局里管。"马蒂斯说道,"他是个非常好的人,关于他的情况,过几天对你说。他认为你是个奇迹,我也这么认为。

"咱先不说这些。你可以想象,要收尾的事情还很多,我正被巴黎方面缠着不放,当然还有伦敦,甚至通过我们的好友莱特尔,还有来自华盛顿方面。顺便说一下,"他停了一下,"我这里有 M 的口信,他在电话里亲口对我说的。他要我转告你,你的表现给他留下了深刻的印象。我问他还有没有别的了,他说:'还有,告诉他,财政部悬着的心终于放下了。'然后,他就把电话挂断了。"

邦德高兴地咧着嘴笑了。使他感到最温暖的是,M 竟然亲自给马蒂斯打电话,这简直是闻所未闻。人们从来没有承认过 M 的存在,更不用说他的身份了。他能够想象,这种举动在伦敦秘密情报界中一定引起了不小的慌乱。

"我们发现你的那一天,一个独臂瘦高个男子从伦敦来到这里。"马蒂斯继续说道。根据他自己的经验,他知道,这些细节会使邦德更加感兴趣,也会给他带来最大的愉悦。"他安排护士专职照料你,把一切事情都安排好,甚至连你的汽车都给你修好了。他似乎是薇思珀的老板,他大部分时间都是和她在一起,给她严格的指令要把你照顾好。"

S站的站长,邦德想道,他们这是在给我铺红地毯的待遇呵。

"现在,"马蒂斯说道,"言归正传,是谁杀死了拉契夫?"

"锄奸局。"邦德答道。

马蒂斯低声打了个口哨。

"天哪,"他恭敬地说道,"这么说,他们终究是盯上他了。那人长什么样?"

邦德简要地解释了拉契夫死之前所发生的事,但只拣了最重要的细节说。他说的时候费了很大一番力气,说完之后,他感到很高兴。回想起当时的场景唤醒了整个的梦魇,他的额头开始大汗淋漓,身体开始涌起一阵阵的疼痛。

马蒂斯意识到,自己做得有点过头了。邦德的声音越来越有气无力,两眼也开始犯迷糊。马蒂斯啪的一声合上速记本,一只手搭在邦德的肩上。

"原谅我,朋友,"他说道,"现在一切都结束了,你也十分安全。一切都很顺利,整个计划进行得非常好。我们已经对外宣布,拉契夫枪杀了自己的两个同伙,然后自杀,因为他知道无法应付对工会资金巨大亏空的调查。斯特拉斯堡和北方现在炸开锅了,他在那被当成是一个伟大的英雄,是法国共产党的主心骨。关于妓院和赌场的丑闻肯定会把他的组织弄得人仰马翻,他们现在像烫伤的猫一样,急得团团转。现在,共产党宣布,他已经神经错乱。不过那也无济于事,因为不久前另一位领导人托雷斯也被宣称患了神经衰弱。

他们只会使事情看起来像是他们的大头目疯疯癫癫的。天知道他们怎样还原整个事情的真相。"

马蒂斯看出,他的激情已经取得了满意的效果,邦德的眼神又亮了起来。

"还有最后一个谜底要解开,"马蒂斯说道,"我答应你,我马上就走,"他看了看表,"医生马上就要来扒我的皮了。来,回答我,钱呢?钱在哪里?你把钱藏哪了?我们几乎是用箅子把你的房间梳了个遍,但没找着。难道你没藏在房间里?"

邦德咧嘴笑了。

他说道:"算是在那儿吧。在每一个房间的门上,有一个黑色的小塑料牌,上面写着房号,当然是在走廊这边。那天晚上,莱特尔走后,我把门打开,把我的门牌用螺丝刀拧了下来,把支票折起来放在下面,然后把门牌拧回原处。应当还在那里。"他笑道,"我很高兴,愚蠢的英国人终于有东西教聪明的法国人了。"

马蒂斯高兴地笑了。

"我猜,你是把这当成是对我提醒你芒茨夫妇在监听你的报复。猜得没错吧?好吧,我们这次算是扯平了。顺便说一声,我们给他们夫妇来了个瓮中捉鳖,人赃俱获。不过,他们只是临时雇来的无名小卒,估计会被判入狱几年。"

当医生闯进房间来的时候,他急忙起身,朝邦德看了一眼。

"出去,"医生对马蒂斯说道,"出去,不要再回来。"

马蒂斯只有高兴地向邦德挥了挥手,急匆匆地说出了几个告别的字,就被轰出了门。邦德听见一阵热烈的法语,沿着走廊远去,越来越微弱。他筋疲力尽地躺在床上,但是受到所听到的消息的鼓舞。他想起了薇思珀,然后又陷入了不安的睡眠。

还有问题需要回答,但是他们有的是时间。

第二十章　孰是孰非

邦德恢复的进程很顺利。马蒂斯三天后再来看他的时候,他可以支撑着坐起身来了,双臂也可以自由活动了。虽然他的下半身仍旧被包裹在那矩形的绷带里,但他看起来情绪不错,只是偶尔的一阵剧痛会让他眯上双眼。

马蒂斯看上去垂头丧气。

"这是你的支票。"他对邦德说道,"我很高兴,口袋里揣着四千多万法郎到处闲逛。不过我认为,你最好签个名,这样,我好把它存入里昂银行你的名下。关于那位来自锄奸局的朋友,我们一点头绪都没有,追查到现在还是一头雾水。他一定是步行或者是骑自行车到别墅去的,因为你没有听到他的到来,那两个枪手显然也没有。这真令人恼火。我们对这个锄奸局组织知之甚少,伦敦也不清楚。华盛顿说他们知道,但结果却是些盘问难民时得到的废话。你知道的,这就等于在街头向一个英国人打听我们秘密情报处的事情,或者向一个法国老百姓询问二处的事。"

"他很可能从列宁格勒经华沙到的柏林。"邦德说道,"从柏林,他们有许多途径去往欧洲各地。他现在已经回到家中,遭到了责骂,为什么没有把我也杀了。我猜想,考虑到从战争以来 M 曾经安排我开展过一两次行动,他们一定有我的大量资料。很明显,他认为自己很聪明,在我手上刻了字。"

"那是什么?"马蒂斯问道,"医生说,伤口看起来像一个正方形的 M,尾巴向上翘。他说,那个什么含义都没有。"

"我只是看了一眼,然后就昏迷了。但是,他们给我穿衣服的时候,我已经看了好多次。我敢断定,它们是俄文字母,表示 SH,就像一个倒着写的 M,带着一个尾巴。这样就具有意义了。SMERSH 是'处死间谍'(smyert shpionam)的缩写,他认为,他已经给我贴上了间谍的标签。这真烦人,因为 M 很可能会要求我返回伦敦后再次去医院,把手背植上一层新皮。不过这也不要紧,我已经决定辞职了。"

马蒂斯张大了嘴看着他。

"辞职?"他满腹狐疑地问道,"为什么?"

邦德的眼睛从马蒂斯身上移开,专注地看着他打着绷带的手。

"我在遭到毒打的时候,"他说道,"突然觉得能活着真好。拉契夫动手之前,他说我一直在赌博,对我触动很大……他说,那就是我一直在做的事。我突然想到,他说的可能是对的。"

"你看,"他说道,眼睛仍旧向下看着手上的绷带,"人在年轻的时候,似乎很容易区别正确与错误,但是随着年岁的增长,区别也就越来越困难了。在学校,辨别英雄和坏人很容易,长大之后,想当英雄,去杀坏人。"

他执拗地望着马蒂斯。

"在过去几年中,我杀死了两个坏人。第一次行动是在纽约,目标是一个日本密码专家。他在洛克菲勒中心 R. C. A. 大楼的三十六楼(那儿有日本的领事馆)破译我们的密码。我在旁边一幢摩天楼的四十楼租了个房间,从那里,我能隔着街道窥到他的房间,看见他在工作。然后,我们在纽约的分支给我派了个帮手,还给了两把带望远镜瞄准器和消声器的雷明顿狙击步枪。我们把枪偷偷地运进我房间,在那里守株待兔,等待时机。在我开枪前一秒,他先向那人射击。他的任务是在窗户上开一个孔,这样,我就能够穿过那个孔射杀日本人。要知道,洛克菲勒中心窗户的隔音玻璃很厚实。事情进展得很顺利。正如所料,他的子弹被玻璃弹了回来,不知落哪去了。但是我跟着他就击发,子弹穿过他制造的小孔。当日本人转过身目瞪口呆地看着窗户上的孔时,我射中了他的嘴巴。"邦德默默吸了一会儿烟。

"这个任务完成得相当好,干净利落,距离有三百码远,甚至连个照面都没打。第二次行动在斯德哥尔摩,干得就没有这么漂亮了。我的目标是干掉一个挪威人,他是个为德国人卖命的双面间谍。他使我们的两个人被俘,下落不得而知,很可能已经被杀害了。出于种种原因,这次任务必须要悄悄地完成,我把动手的时机选在他公寓的卧室,工具是把刀。你知道,这样他是很难有个痛快的了断的。

"由于完成了这两个任务,我被组织授予了 00 的代号。于是便给人留下了机智、身手了得又强悍的印象。要想获得 00 代号,就意味着在执行任务的过程中,你得冷酷无情地杀死一个人。

"现在,"他再次抬起头看着马蒂斯,"一切都很好。英雄杀死了两个坏蛋,但是,当拉契夫这个英雄开始杀死坏人邦德时,坏人邦德知道自己根本就不是坏蛋。这时,你会看到奖章的另一面,坏人和英雄全都混在一起了。

"当然啦,"当马蒂斯正要争辩时,他又说道,"爱国主义的出现,使得各为其主的双方更难去界定好与坏了。那种断言一个国家对与错的做法有点过时了。今天,我们在与共产主义作战,如果活在五十年前的话,当下保守主义一定会被视为如共产主义一样,我们会被要求去与之作战。如今,历史的发展太快了,英雄和坏人也在不断地变换着角色。"

马蒂斯惶恐地望着邦德,然后,他拍拍邦德的脑袋,把手安抚地放在邦德的胳膊上。

"你是说那个亲爱的拉契夫都差点儿把你变成一个阉人,也不能证明他是一个坏人?"他问道,"从你刚才说的一派胡言,别人会以为,被打坏的是你的脑袋,而不是你的……"他向床下打了个手势,"你等着吧,当 M 指派你去对付另一个拉契夫时,我敢打赌,你会去的。但是锄奸局呢?我要告诉你,我并不喜欢这些家伙。在法国到处跑,随意处死那些他们认为背叛他们宝贵政治制度的人。他们真是无政府主义的浑蛋。"

他把手臂挥向空中,然后又让它们无奈地落下来。

邦德笑了。

"好的,"他说道,"就拿我们的朋友拉契夫来说吧,很简单,他是个坏人,至少我认为很简单,因为他对我干了坏事。如果他现在在这儿,我会毫不犹豫地杀了他,但仅是出于个人仇恨,而不是因为别的高尚理由,或者是为了国家。"

他抬起头来看着马蒂斯,看看他是否已感到厌倦,因为对马蒂斯来说,他反思的这些事情只不过是事关职责的简单问题。

马蒂斯向他报以微笑。

"继续说,我亲爱的朋友,我很有兴趣认识这个新的邦德。英国人真是古怪,他们就像一组俄罗斯的套盒。你打开一层又一层,花费很长的时间才能看到里面藏着什么,但内容却往往令人失望。不过,这个过程倒颇具教育意义,也充满乐趣。继续说,说你的道理。我正想从你那里学些说辞,等下次头儿给我分派苦差使的时候,我可以用来推脱应付。"他咧嘴笑道,显然不是好话。

邦德没有理会,继续自说自话。

"为了区分好与坏,我们制造了两个形象,分别代表两个极端,一个是洁白,一个是漆黑。我们把它们叫作上帝和恶魔。但是在这么做的时候,我们有些自欺欺人。上帝是一个非常清晰的形象,你能够看清他的每一根胡须。但是恶魔呢,恶魔是什么样的?"邦德困惑地望着马蒂斯。

马蒂斯讥讽地大笑起来。

"是个女人。"

"就算是吧。"邦德说道,"但是我一直在思考这些东西,我不知道我应当站在哪一边。我为恶魔以及它的信徒感到非常遗憾,比如这个可怜的拉契夫吧。恶魔很倒霉,而我总是喜欢站在弱势的一方,我们从来没有给过可怜的家伙一次机会。我们有关于善以及如何行善的善书,但是没有关于恶以及如何作恶的恶书。恶魔没有先知来写《十诫》,也没有作家队伍为他著书立传。他的恶是预先设定的。从父母和老师那里我们听到的都是童话故事,我们对恶人一无所知。没有关于他的书,让我们可以知道各种形式的恶魔的本质。没有关于恶人的寓言故事,没有关于恶人的成语故事,也没有关于恶人的民间传说。我们最多有些关于只是有一丁点善的人的活生生例子罢了,这些例子也许出自我们的本能的直觉。"

"所以,"邦德越说越起劲,"拉契夫为了一个崇高的目标而工作,这个目标至关重要,也许是最好最高的目标。但由于他被默认为是个恶魔——而我愚蠢地参与毁灭了他——他成了恶的化身。正是由于他这个恶的形象的存在,其对立面善的标准才能够存在。虽然对他知之甚少,但我们还是先入为主地看待他的恶行,评判他的罪恶。在这种既定模式中,我们便以一种代表善与正义的形象出现。"

"说得好!"马蒂斯叫道,"我为你感到自豪,你应当每天都受到折磨。我必须要记住今晚干点坏事,我必须立刻开始。我还有几个马克,只是些小钱,唉。"他悲伤地说道,"但是既然我已经有了光明的指引,那就得立马行动起来。我将会有多么辉煌的前景啊。我们来看看,我该从哪儿开始呢,谋杀、放火、强暴?不,这些都是轻罪。

我必须去向好人撒旦求教。我还是个孩子,在这些问题上绝对是个小孩。"

他的脸垂了下去。

"啊,但是我们是有良心的人,我亲爱的邦德。当我们去作奸犯科的时候,我们如何去面对我们的良心?这是个问题。良心是个很奇妙的东西,当第一个猿猴变成人的时候,便生而有之。我们真的要仔细考虑一下这个问题,否则就会时刻让我们纠结不安。当然啦,我们若要作恶须得先把自己的良心抹杀掉。但这很棘手,很困难,只是,若我们真的做到了这一点,我们就会比拉契夫还要坏。"

"对你来说,亲爱的詹姆斯,这很容易。你可以从辞职开始。你这个主意真是绝妙,是你新生涯的美好开始,也很简单。每个人的口袋里都有一把辞职的左轮手枪,只要扳动枪机,就会同时在你的国家、在你的良心上打出一个大窟窿。一颗子弹就造就了一个杀人犯和一个自杀者。太棒了!真是一个既困难又辉煌的职业啊。对我而言,我必须马上敞开胸怀去拥抱这个新的事业。"

他看了看手表。

"好哇,我已经开始这么干了,都忘记了与警察局长约定的会面——我已经迟了半个小时。"

他笑着站起身来。

"与你交谈真是太令人愉快了,我亲爱的詹姆斯。你真应当去做演讲。关于你的那个小小问题嘛,就是分辨不清好人和坏人,英雄和坏蛋的问题,当然如果抽象地看,的确是一个困难的问题,秘诀就在于个人的亲身体会,不管是法国人还是英国人。"

他站在门口顿了顿,接着说。

"你承认,拉契夫对你个人犯下了罪行,如果他现在出现在你面前,你会杀死他?

"当你回到伦敦之后,你会发现,还有别的拉契夫在试图摧毁你,摧毁你的朋友,摧毁你的国家。M 会把他们的情况告诉你的。既然你已经见过一个真正的恶人,你会知道他们是多么邪恶。为了保护你自己,保护你所爱的人民,你会找到他们,摧毁他们。那时你就不会再争辩了,因为你已经知道他们是什么样的人,他们会对人民干些什么。你可能对你所从事的工作还挑三拣四,但你会确信目标真的是很邪恶,而且我们的周围存在着很多这种邪恶目标,还有很多事要你去做,并且你会做的。当你坠入爱河,并且有一个情人或是妻儿需要照料时,就会更容易理解这一点了。"

马蒂斯打开门,站在门槛上。

"到人群中去,我亲爱的詹姆斯,他们比你的那些原则要好对付得多。"

他笑了起来,继续说道:"不要使我失望,赶紧恢复正常。否则我们会失去你这么奇妙的一台机器的。"

他挥了挥手,关上了门。

"喂!"邦德叫道。

但是脚步声迅速地在走廊上消失了。

第二十一章　再见佳人

第二天,邦德要求见薇思珀。在此之前,他从未要求见她。他被告知,她每天都会来疗养院询问他的情况,还送来了鲜花。邦德不喜欢花,他让护士把花送给别的病人。如此反复两次,就不再有鲜花送来了。邦德并不是想冒犯她,只是他不喜欢有女性化的东西在身边。鲜花似乎是在要求认可送花的人,并一直传递着同情和爱慕的信息。邦德觉得这样很烦人,他不喜欢被人宠爱,那简直会使他患上幽闭恐惧症。

一想到要向薇思珀解释这些,邦德就感到厌倦。他也感到很尴尬,因为他不得不问一两个使他感到困惑的问题,这些问题都是关于薇思珀的表现。几乎可以肯定,这些问题的答案会使她像个傻瓜。他在考虑要向 M 做的详细行动报告。在报告中,他并不想批评薇思珀,因为这会轻而易举地使她丢掉工作。

但最重要的是,他心里明白,他在逃避一个更为痛苦的问题的答案。

医生常常同邦德讨论他的伤情,总是对他说,他身体遭受的毒打不会给他留下任何糟糕的后遗症。他说过,邦德的身体会复原,各种身体机能也都会恢复。但是邦德的眼睛和神经状况却无法印证这些安慰的话语。他的身体仍旧疼痛肿胀,伤痕累累,注射的药物药劲一过,他还是会痛苦万分。最糟糕的是他精神上受到的伤害。经过拉契夫那一个小时的折磨,他确信自己已经丧失了性能力。精神上的伤疤,只能由时间慢慢抚平。

打从邦德在赫米蒂奇酒吧第一次遇见薇思珀的那天起,他就发觉自己对她一见倾心。他知道,如果那天在夜总会是另一番情形,如果薇思珀做了积极的回应,如果没有发生绑架事件,他会设法那天晚上同她上床的。即使后来,在拉契夫的车里,被押到别墅外的时候,天知道那时他居然还会浮想联翩,看到她那暴露的胴体,不禁勾起他的阵阵冲动。

现在,他能够再一次见到她了,但是却感到害怕:害怕他的感官和身体对她的性感无动于衷,害怕自己不再有欲望和骚动,害怕不能再热血沸腾。在他的脑海里,他把与她的第一次会面当成了一种考验,他在躲避对她的回复。无可否认,这就是为什么他要把第一次会面的时间拖上一个多星期——他想给他的身体多一点恢复的时间。他愿意把会面的时间进一步拖下去,但他给自己的解释是,他的报告不能再拖下去了,从伦敦来的特使随时都可能过来听取完整的汇报,今天和明天没有什么两样。不管怎样,他不如知道最坏的结果。

所以，到了第八天醒来，他就要求见她，因为清晨，经过一夜的休息，他会感到神清气爽、气壮如牛。

不知道什么原因，他期待着她能够显示出某种熬过炼狱的迹象，看上去面色苍白甚至病了。让他完全没有料到的是：一个古铜肤色的高挑姑娘，身穿米色丝绸连衣裙，扎着一条黑色的腰带，兴冲冲地走进门来，站住朝着他微笑。

"天哪，是薇思珀。"他说道，用一种揶揄的手势表示欢迎，"你看起来靓极了，一定是被灾难滋养的吧。你是如何把自己晒得这么漂亮的？"

"我感到非常内疚，"她说着，在他身旁坐了下来，"你躺在这里的时候，我每天都在海边游泳。医生叫我这样做，局里的头儿也叫我这样做。我想，我整天在房间里闷闷不乐对你也没有什么帮助。我在海边发现了一处绝妙的沙滩，每天，我带上午饭，夹着一本书就去那儿，直到晚上才回来。有趟公交车通往那里，下车后再走过几处沙丘就到了。后来我才知道，沿着那条路走下去可以通往那幢别墅。"

她的声音犹豫起来。

因为一提到别墅，邦德的眼睛就不由自主地眨了起来。

但是她还是勇敢地继续说下去，尽管邦德一直沉默不语。

"医生说，不久就会允许你下床活动了，我想也许……我想也许以后我可以带你去这个沙滩。医生说，海边游泳对你非常有益。"

邦德哼了一下。

"天知道我什么时候能够游泳啊,"他说道,"医生在信口开河。而且,我能够游泳的时候,一个人游很可能会更好。我不想吓唬人。且不说其他的,"他有所指地向床上望了一眼,"我浑身都是伤疤和瘀痕,可谓伤痕累累,可你却玩得痛快。不过,也没有理由让你不玩得痛快啊。"

薇思珀被他声音里的痛苦和委屈深深地刺了一下。

"对不起,"她说道,"我只是想……我只是想……"

突然,她的眼里充满了泪水,她努力地克制着。

"我想……我想帮助你康复。"

她的声音哽咽了,她可怜地望着他,面对他眼神里和态度上的指责。

接着,她失声痛哭起来,双手掩面,啜泣着。

"对不起,"她用一种沉闷的声音说道,"真的对不起。"一只手在包里寻找着手帕,"都是我的错,"她轻轻地擦了擦眼睛,"我知道都是我的错。"

邦德马上变得温和起来,他伸出一只绑着绷带的手,放在她的膝上。

"好啦,薇思珀。对不起,我刚才很粗鲁。我只是嫉妒你,我困在这儿,你却在晒太阳。我身体一好,我就跟你一起走,你必须领我去那片沙滩。当然啦,这只是我的一种愿望,能够再一次走出去真是太妙了。"

她按住他的手,站起身来,走到窗前。过了一会,她补了补哭花了的妆容,然后又回到床前。

邦德和善地看着她。和所有严厉冷漠的男人一样,他很容易地就倒向了柔情。她非常漂亮,他能从她那里感到温暖。于是他决定,所提的问题要尽量地温和。

他递给她一根烟。他们谈了一会儿 S 站站长的来访,以及伦敦对拉契夫溃败的反应。

从她的话中,可以清楚地看出,虽然这项计划目标已被超额完成,但是世界各地的报刊仍在铺天盖地地报道此事,许多记者——多数来自英美两国——仍旧聚集在王泉小镇,试图找到那位在赌桌上击溃拉契夫的牙买加百万富翁。他们找到了薇思珀,但是她掩饰得很好。她说,邦德对她说,他要拿赢来的钱去戛纳和蒙特卡洛继续豪赌。于是,他们又蜂拥到了法国南部。马蒂斯和警方清除了所有的相关痕迹,他们没办法,只好去关注斯特拉斯堡的说法以及法国共产党队伍里的混乱情况。

"顺便问一下,"过了一会儿,邦德问道,"你在夜总会离开我之后,究竟发生了什么?我看到的只是你被劫走的情形。"他简略地告诉了她赌场外面的情况。

"我当时一定是吓蒙了,"薇思珀避开邦德的眼睛,说道,"我在大厅的入口处没见着马蒂斯,就走了出去。那个侍者问我是不是琳达小姐,他告诉我,给我送条子的那个人在右边台阶下的车里等我。当时,我并没有感到有什么不对。我认识马蒂斯才一两天,不知道他的工作方式,所以我就朝车子走去。车子在右边的阴暗处。快走到车子跟前时,拉契夫的两个手下从后面的另一辆车里跳了出来,一把用我的裙子蒙住我的头。"

说到这，薇思珀的脸红了。

"听起来有点像小孩儿玩的把戏，"她愧疚地看着邦德，"但是的确产生了糟糕的效果。我被劫持了。我拼命地喊叫，但声音从裙子里面出不去。我的腿拼命地乱蹬，但是毫无用处。我什么也看不见，我是一只被捆起来任人宰割的小鸡。他们把我抬起来，扔进车子的后座。当然，我继续挣扎。车子发动的时候，他们用绳子一样的东西把裙子在我头上扎了起来。这时，我设法挣脱了一只手，把我的包扔出了窗外，希望这会有点用处。"

邦德点了点头。

"这完全是一种本能。我想，你会不知道我发生了什么事，我怕得要命，想都没多想就趁乱扔出去了。"

邦德知道，他们要找的是他。如果薇思珀不把包扔出来，他们看到自己出现在台阶上的时候，也会把包扔出来的。

"当然有帮助，"邦德说道，"但是，他们在我翻车抓到我后，我跟你说话，你为什么一声不吭？我非常担心，我以为他们把你打昏了。"

"我想，我当时一定是昏迷了。"薇思珀说道，"由于缺乏空气，我昏迷了一次。我醒来后，他们在我面前划了一个孔。后来，我肯定是又昏过去了。在到达别墅之前，我什么也想不起来。只是在过道上，我听到你的反抗声以及后来被押在我的身后，我才知道你被俘了。"

"他们没有碰你？"邦德问道，"我在遭受毒打时，他们有没有把你怎么样？"

"没有,"薇思珀说道,"他们把我放在扶手椅上,自己喝酒、玩牌——好像我听见他们说玩的是'贝洛特',之后他们就睡觉了。我想锄奸局就是这时干掉了他们。他们捆住我的双腿,把我放在屋角的椅子上,面对着墙壁,关于锄奸局,我什么也没看见。我听见了一些奇怪的声音,我想就是这些声音把我弄醒了。接着,好像其中一个人从椅子上掉了下来,然后是轻微的脚步声,门关了起来,然后一切平静,直到数小时后马蒂斯和警方冲了进来。我多数时间都在昏睡,不知道你发生了什么事。但是,"她的声音犹豫起来,"有一次,我的确听到了一个可怕的叫声,但是听起来很远。至少,我认为那是一个叫声。当时,我还以为是一场噩梦呢。"

"恐怕那就是我。"邦德说道。

薇思珀伸出一只手抚摸着他的手,眼睛里充满了泪水。

"太可怕了,"她说道,"他们对你所干的事。都是我的错,要不是……"

她把头埋进双手。

"好啦,"邦德安慰地说道,"牛奶泼了,哭也没有用。现在一切都过去了,谢天谢地,他们放过了你。"他拍拍她的膝盖,"当时,他们把我折磨得奄奄一息之后,就会对你动手的。"奄奄一息算是好的了,他思忖道,"我们得谢谢锄奸局。好了,让我们忘掉这一切吧,这也怪不着你。任何人都可能因为那张纸条上当。不管怎样,都已经是过去的事了。"他愉快地说道。

薇思珀感激地望着他,满眼泪水。"你真的会原谅我?"她问道,"我以为你永远不会原谅我呢。我……我要对你进行补偿,用某种方式。"她看着他。

用某种方式？邦德思忖道。他也看着她。她对他微笑着,他也报以微笑。

"你最好当心点,"他说道,"我要你信守诺言。"

她看着他的眼睛,一言未发,那种神秘的挑战又回来了。她按住他的手,站了起来,说道:"诺言就是诺言,说话算数。"

此时,他们彼此都知道,那个诺言是什么。

她从床上拿起包,朝门口走去。

"我明天要来吗?"她勇敢地看着邦德。

"好的,请来吧,薇思珀。"邦德说道,"我喜欢你来。来再讨论讨论,考虑一下我能下床行走后我们将做些什么,还是挺有趣的。你有什么想法?"

"有的,"薇思珀说道,"请快些好起来。"

他们相互凝视了一会儿,然后,她走了出去,关上门。邦德聆听着,直到脚步声消失。

第二十二章　海滨仲夏

从那天起,邦德的身体恢复得很快。

他坐在床上,给 M 写报告。在他看来,薇思珀的行动能力显得太过外行,让人不屑一顾。但再三思量,他又想绑架是一种不择手段的狡诈行为,她的不知所措也是可以理解的。在报告中,他称赞薇思珀在整个事件中所表现得沉着冷静,而对于所发现的无法解释的行为,却只字未提。

每天,薇思珀都要来看望他,他也怀着激动的心情盼望着她的到来。她滔滔不绝、兴高采烈地谈论着她前一天的探险,在海边的新发现,以及她所用过餐的饭店。在她所结交的朋友中,有警察局局长,也有赌场的负责人,是他们晚上带她出去兜风,偶尔也在白天把车借给她用。对拖往里昂汽车修理厂的那辆宾利车,她也在关注修理的进展情况。她甚至做出安排,让人从邦德伦敦的寓所送几套新衣服过来,因为在搜寻那张四千多万法郎的支票的过程中,五斗橱里的衣服无一幸免,每一根针脚都被绞得粉碎。他们两人之间很默契地避免提及拉契夫的事,她只是偶尔告诉邦德 S 站头儿的一些趣事,很显然,是从皇家海军妇女勤务站那儿贩卖过来的故事,他则会给她讲述他的一些冒险故事。

他发现,他能很轻松地和她交谈,他感到很惊讶。

在大多数女人面前,他表面上沉默寡言、不苟言笑,但内心却心潮澎湃、激情满怀。那种漫长的引诱过程,宛如事后的混乱,弄不清,理还乱,使他厌倦不已。他在每一件风流韵事固定的模式中,发现了令人厌恶的东西。这种传统的抛物线,无非是柔情万种、拉手、亲吻、热吻、抚摸身体、床上的高潮、床戏越来越多、床戏越来越少、厌倦、泪水、最后痛苦的结局。这一切,他感到可耻与虚伪,他甚至回避剧中每一场戏的背景道具:晚会相遇,下馆子,打车,去他的寓所,去她的寓所,海边的周末,再次去双方的寓所,遮遮掩掩的托词,最后在雨中的台阶上怒气冲冲地道别。

但是与薇思珀,这一切是截然不同的。

在昏暗的房间里,在他无聊的治疗过程中,她的存在让每一天都是一片快乐的绿洲,是一件令人期待的事情。在他俩的谈话中,只有友情,隐约间蕴含着一种激情。在两人的心中,有一种未曾言语的狂热的承诺,在适当的时候一定会兑现。整个场景抚慰着他那正在缓慢愈合的伤口,并消融了他遭受重创后的心理阴影。

不管邦德喜欢与否,这根树枝已经逃脱了砍伐的命运,就要绽开绚丽的花朵。

邦德恢复的步伐令人欣喜。他被允许坐起身来,然后又被允许坐在花园里。接着,他能够稍稍散会儿步,然后是长时间散步。一天下午,医生从巴黎闪电来访,宣告邦德的身体已经恢复。于是,薇思珀把他的衣服带了过来,与护士道别后,一起乘着租来的车离开了。

从他在死亡边缘的那天算起,已经过去三个星期了。时值 7 月,火热的盛夏阳光照射在海岸上,投射向大海。邦德紧紧地拥抱着这一时刻。

他们的目的地,他也惊诧不已。他并没有想回到王泉小镇上的大酒店,而且薇思珀说过,要找一个远离市镇的地方。不过她弄得神秘兮兮的,只是说找到了一个他喜欢的地方。听任她的安排,他感到很幸福,不过,他掩盖了他的顺从,要求说目的地最好"临近海边"(她承认的确是在海边),并对乡村的野趣——户外厕所,床上的臭虫、蟑螂赞不绝口。

他们的行车过程并没有预想的令人舒心。

他们在沿着滨海大道朝诺克坦布尔方向驶去时,邦德向她描述驾驶宾利车疯狂追逐的情形。最后,他指出车祸发生前经过的弯道,还有放置可恶道钉的确切地方。他降低车速,探出身去向她展示车轮在水泥地上深深的划痕,树丛里的断枝残叶,还有那一摊油迹,车就是在那儿停下的。

但她始终心不在焉,坐立不安,偶尔蹦出一两个字出来。有那么一两次,他发现她眼睛瞟向后视镜,但是当他有机会通过后视镜向后看的时候,他们刚刚拐了个弯,他什么也没有看见。

最后,他握住了她的手,说道:

"心里有事吧,薇思珀。"

她颇显紧张,给他报以一个明媚的微笑:"没什么,绝对没什么。我有个愚蠢的想法,我们被跟踪了。我想只是紧张而已,这条路到处都是幽灵。"

在简短笑声的掩盖下,她又朝后面看了看。

"瞧!"她的声音里充满了慌乱。

邦德转过头去,丝毫不错,大约四分之一英里远的地方,一辆黑色轿车跟在他们后面,速度不紧不慢。

邦德大笑起来。

"这条路不会只供我们使用吧,"他说道,"而且,谁会想跟踪我们呢?我们也没做什么错事。"他拍拍她的手,"那是个中年商务人士,开着豪车去勒阿弗尔推销东西呢。他可能正在想他在巴黎的情人,或是想着午饭在哪儿吃。真的,薇思珀,你真不该把无辜者都想成是坏人。"

"但愿如此吧,"她紧张地说道,"不管怎样,我们快到了。"

她又沉默不语,朝窗外看去。

邦德还是能够感觉到她的紧张,心里暗暗发笑,他只是把这当作是他们最近冒险行动留下的后遗症。他决定迁就她。所以,当他们来到通向大海的小道前,减速拐向小道的时候,他要司机马上停车。

在高高的树丛掩蔽下,他们一起通过后视镜观察起来。

在寂静的夏日,他们能够听见轿车的嗡嗡声响越来越近,薇思珀用手指戳了戳他的手臂。轿车接近他们的掩藏地时,车速没有变化,黑色轿车驶过的时候,他们只是在瞬间扫见了一个男人的侧影。

的确,那人似乎迅速朝他们藏身之地瞥了一眼,但是在他们上方的树丛里,有一块颜色鲜艳的路牌指向小道,上面写着"酒店:水果、海鲜、烹炸"。很显然,正是这块路牌吸引了那个司机的目光。

轿车排气管的声音渐渐消失,薇思珀坐回到她的角落里,脸色苍白。"他看着我们。"她说道,"我对你说过,我知道我们被跟踪了。现在,他们知道我们的下落了。"

邦德有些抑制不住自己不耐烦的心情了,说道:"胡说,他看的是路牌。"他把路牌向薇思珀指了指。

她看上去有点放心了。"你真的这么认为?"她问道,"是的,我明白了。当然啦,你一定是对的。算了,我很抱歉,竟然这么愚蠢,我也不知道自己怎么了。"

她把身子倾向前,通过隔板和司机交谈,汽车向前开去。她又坐了回去,脸朝向邦德,脸色又开始红润起来。"我真的很抱歉,只是……只是我不能相信一切都过去了,不再有人能使我们害怕了。"她按着他的手,"你一定认为我非常愚蠢吧。"

"当然不是,"邦德说道,"不过真的,现在不会有人对我们感兴趣了。忘了一切吧,整个工作都结束了,一干二净。这是我们的假日,没有任何事情能影响我们的情绪,是不是?"他坚持道。

"是的,任何事都不能干扰我们。"她轻轻地摇了摇头,"我真是兴奋极了。马上就到了,我真的希望你能喜欢这个地方。"

他们两人的身子都向前倾着,她的脸上又恢复了生气,这次事件只是在空中划了个小小的问号。当他们穿过沙丘,看到大海,以及松树丛中简朴的小酒店时,甚至这小小的问号也消失殆尽了。

"酒店不大,"薇思珀说道,"但是很干净,伙食也很好。"她担心地看着他。

她没有必要担心。邦德一眼就爱上了这个地方:平台几乎一直通向海水的高潮线,房子不高,两层小楼,灰色的砖墙,窗户上有红色的遮阳棚,月牙形的海湾,湛蓝的海水,金色的沙滩。他一生中有多少次,幻想着舍弃一切,离开宽敞的大道,找到像这样的一个被人遗忘的角落,住在海边,让时光流逝,从早到晚!现在,他就要有整个一星期这样的生活了,而且是跟薇思珀在一起。在他的脑海里,他一直热切地期盼着这一天的到来。

他们在屋后的院子里停了下来,店老板和老板娘出来迎接他们。

富索克思先生是位独臂的中年人,他的那只胳膊是在马达加斯加为自由法国而战时失去的。他是王泉镇警察局局长的朋友。是局长先生向薇思珀推荐的这个地方,并提前同店老板通了电话。所以,抵达时,一切都已安排妥当。

老板娘正在准备晚饭,不时会插上两句话。她围着一条围巾,一只手握着把木勺子。她比她的丈夫年轻,胖乎乎的脸,但长得还行,眼神给人一种温暖的感觉。邦德本能地想道,他们没有孩子,所以,他们把自己无处投放的情感投向了朋友和一些常客,可能还有一些宠物。他想道,他们的生活也许过得有点艰难,到了冬天,由于濒临大海、地处偏僻,这个地方一定会是非常萧疏。他们只有与松树林里的松涛声和海浪声为伴了。

店老板把他们引向了他们的房间。

薇思珀的房间是双人间,邦德在她的隔壁。在房子的角落,一扇窗户正对着大海,另一扇窗户可以看到远处的海湾。他们之间共用一个盥洗室,一切都洁净无瑕,很少有这么舒适惬意的地方。

看到他俩都露出高兴的神色,店老板很是高兴。他说,晚上7点半开饭,老板娘准备的是烤龙虾蘸黄油。他带着歉意解释说,因为是星期二,所以显得有些冷清,周末人会更多些。现在还不是旺季。一般来说,游客多是英国人,但今年经济不景气,英国人只是在王泉小镇上度个周末,在赌场输了钱后便打道回府。今非昔比啦。他镇定地耸了耸肩,今天与昨天不同,本世纪与上世纪也不同了⋯⋯

"一点不错。"邦德说道。

第二十三章 情真意切

他们站在薇思珀房间的门口谈着话。店老板离开他们之后,邦德把她推进房间,关上门。接着,他搂着她的双肩,吻她的两颊。

"这儿真是快乐的天堂。"他说道。

她的眼中闪烁着光芒,伸出双手,抚摸着他的前臂。他上前贴住她的身体,双手搂住她的腰。她向后仰起头,嘴巴在他的嘴巴下张了开来。

"我亲爱的!"他说道,两人的嘴贴在了一起。他用舌头抵开她的牙齿,体会着她的舌头,开始还有点羞涩,接着愈加热烈。他的手向下滑去,狂热地抓住她那鼓胀的臀部,身体的中间部位紧紧地贴在了一起。她气喘吁吁,嘴巴从他那儿滑脱出来。两人紧紧地抱在一起,脸颊在一起蹭来蹭去,他感到她坚挺的胸部贴着他的胸。接着,他的手拿上来,抓住她的头发,使她的头向后仰,这样他好再一次与她接吻。她把他推开,筋疲力尽地向后倒在床上。有好一会儿,俩人激动地相互看着。

"对不起,薇思珀,"他说道,"我不是故意的。"

她摇了摇头,刚才向她袭来的暴风雨使她一句话也说不出来。

他过来坐在她的身旁,两人深情地相互望着,激情的潮水在他们的血管中渐渐退去。

她倾过身体,吻着他的嘴角,接着把潮湿的前额上的黑色头发理了理。

"亲爱的,"她说道,"给我一支烟,我不知道包放在哪儿了。"他双眼茫然地环顾房间。

邦德为她点燃了一支烟,放在她的嘴唇之间。她深深地吸了一口,随着一声叹息,烟圈舒缓地从嘴中吐了出来。

邦德要用双臂抱着她,但她却站起身来走向窗户,站在窗前,背对着他。

邦德的眼睛向下看着双手,双手颤抖不已。

"离晚饭还有一段时间,"薇思珀说道,仍旧不看他,"你可以去海边游泳,我会帮你收拾行李的。"

邦德从床上站起身,和她紧紧地贴在一起。他的双臂拥抱着她,手按在她坚挺的双峰上。他能够感觉到她胸脯的起伏。她也把手放在他的手上,用力地压着,但是目光仍望着窗外。她低声说道:"现在不要。"

邦德低下头,双唇吻着她的颈脖。有好一阵子,他用力紧紧地抱着她,然后放了开来。

"好吧,薇思珀。"他说道。

他走向门口,回头望着,她一动不动。不知怎的,他觉得她在哭泣。他向前迈了一步,然后意识到两人之间无话可说。

"我亲爱的。"他说道。

他迟疑了一下,还是走了出去,关上了门。

邦德走回自己的房间,在床沿上坐下,刚才席卷全身的激情使他感到虚脱。此时,他有两个愿望,一个是四仰八叉地躺在床上,另一个是到海边冷静冷静,恢复精力。他在这两个愿望之中挣扎着,经过一番选择,他走向手提箱,拿出一条白色的亚麻游泳裤和一件深蓝色的睡衣。

邦德一直都不喜欢睡衣,直到战争结束时,他在香港邂逅了一种两全其美的物件。这是一种外套式睡衣,长至膝盖,虽然没有纽扣,但腰间配有一条宽松的腰带。衣袖又宽又短,长度刚刚达到肘部,穿在身上既凉爽又舒适。现在,他把睡衣裹在身上的时候,身上的瘀伤和疤痕都掩盖了起来,露在外面的只是手腕上和脚踝上的瘀痕,还有右手上的锄奸局的印记。

他把脚伸进一双深蓝色的皮质拖鞋,走到楼下,来到室外,穿过平台,向海滩走去。走过屋前的时候,他想起了薇思珀,但是他克制住了自己,不抬头去看她是否还站在窗前。此刻,他宁愿不看她的眼神。

他沿着坚硬的金色沙滩上的水线一直往前走,直到客栈淡出视线之外。然后,他扔掉那外套式的睡衣,向前小跑几步,水平地扑进风平浪静的海水中。海滩急剧地没入水中,他尽可能地闷在水下,双手用力地划着,体会着周身柔和而凉爽的感觉。然后,他露出水面,用手拨开遮在眼前的头发。时间快到 7 点,太阳已经失去它那酷热的光芒,不久就会下沉,沉到海湾的地平线之下。但是,现在阳光直射着他的双眼,他转过身去,背朝着阳光游着,他想多在水里待一会儿。

沿着海岸游了一英里后,他上了岸。此时,阴影已经吞没了他远处的睡衣。不过他知道,在傍晚涨潮之前,他还有时间躺在坚硬的沙滩上,把身体晾干。

他脱下泳衣,眼睛向下打量着自己的身体,身体所受的伤,只剩下些许痕迹了。他耸耸肩膀,躺了下来,四肢向外伸展,呈五角星状,两眼凝视空旷的蓝天,心里想着薇思珀。

他说不清对她的感情,这种困惑,也让他很烦躁。烦躁的原因其实很简单,他想尽快跟她做爱,一方面是因为他对她怀有欲望,另一方面(他也承认),是因为他希望对自己修复后的身体进行测试。他想,他们可以在一起睡上几天,然后返回伦敦,再以后就是各奔东西。分手是不可避免的,而且也易如反掌,因为他俩在谍报界的位置不同。以后,他可以谋求派往海外,也可以辞职,然后到世界各地旅行,这也是他梦寐以求的。

但不知怎的,最近两个星期以来,他的感情也逐渐发生了变化。他发觉自己越来越喜欢她了。

他发现,有她陪伴很舒适,她不会苛求,她的身上有一种说不出的神秘感,这是一种永恒的刺激。她不显山不露水,他觉得,无论他们在一起待多久,她的内心总有一块私人领地,他永远无法进入。

她体贴入微,考虑周到,却绝不任人摆布,执拗地保持着她那份冷傲。现在他知道,她虽情感丰富,但他想征服她的身体,却不是件容易的事。每一次抱着她,虽然情感没有达到高潮,但却令他像是在心旷神怡地航行。他想,她最终会被驯服的,会尽情地和他享受从未经历过的床笫之欢。

邦德一丝不挂地躺着,试图驱赶走他在空中读到的那些结论。他扭过头,沿着海滩望过去,岬角的影子已经快投射到他的身上了。

他站起身,尽可能把身上的沙粒抹去。他想道,回去后要洗个澡。于是,他心不在焉地拾起泳衣,开始沿着海滩往回走。直到他走到放睡衣的地方,弯腰准备拿起睡衣的时候,他才意识到身上还没穿衣服。他什么也不顾了,披上睡衣就向客栈走去。

此时,他已打定了主意。

第二十四章　春宵一刻

他回到房间的时候,内心感动不已。他发现,所有的物品都被拾掇得整整齐齐。浴室里,他的牙刷和剃须刀整齐地摆放在洗脸池上方玻璃架的一端;另一端是薇思珀的牙刷,一两个小瓶子,还有一盒面霜。

他瞟了一眼瓶子,惊讶地看见一只瓶子里竟然装有宁比泰安眠药。也许在别墅的一系列事件中,她的精神所受到的刺激超出了他的想象。

洗澡水已经为他放好。浴缸旁的椅子上,放着一瓶新的价格不菲的松木味沐浴露,还有他的毛巾。

"薇思珀。"他叫道。

"有事吗?"

"你真讨厌,你让我感到我像是一个吃软饭的,只会花钱。"

"有人吩咐,要我照顾你,我只是奉命行事。"

"亲爱的,洗澡水实在是太好了,你愿意嫁给我吗?"

她哼了一声:"你要的是奴隶,不是妻子。"

"我要的是你。"

"好啦,我要的是大龙虾,还有香槟酒,快点。"

"是啦,是啦。"邦德说道。

他擦干身子,穿上白衬衫和深蓝色的宽松长裤。他希望她的穿着也一样简单。所以,当她没有敲门,穿着一件褪了色的蓝色亚麻衬衫和一条暗红色的打褶棉裙出现在门口时,他不禁心花怒放。

"我等不及了,我饿得要命,我的房间就在厨房上面,香气袭人,让我受尽折磨。"

他走向前去,双臂抱住了她。

她抓住他的手,他俩一起下楼,来到平台上。饭桌已经摆放好,餐厅里投射的光线照到了这里。

邦德回来时就点了香槟酒,此时就放在桌旁的冰酒用的金属酒壶里,邦德倒了满满两杯。薇思珀忙个不停,把可口的自制鹅肝酱抹到酥脆的法式面包上,再加上放在碎冰里的深黄色的大黄油块。

他俩对视着,深深地闷上一口,邦德再次把酒杯斟满。

吃饭的时候,邦德告诉她在海边洗澡的事,谈论着第二天上午要做的事,但是自始至终,他们都没有触及相互之间的感情。不过,在薇思珀的眼神里,同时也在邦德的眼神里,有一种对夜晚的兴奋期盼。他们时不时地、有意无意地让彼此的手和脚碰到一块,仿佛是要放松身体的紧张之感。

大龙虾来了又去,第二瓶香槟酒空了一半,草莓也被抹上了厚厚的奶油。这时,薇思珀深深地叹了口气,十分满意。

"我像个猪似的,"她高兴地说道,"你总是要我最喜欢吃的,我从来没有像今天这样被人宠着。"她的目光穿过平台,凝视着月光下的海湾。"希望这种待遇我能受之无愧。"声音里透着一丝揶揄。

"你这是什么意思?"邦德吃惊地问道。

"哦,我也不知道。我想人们都是实至名归,所以也许我也是这样吧。"

她看着他笑了,眼睛诡异地眯成一条缝。

"你真的不了解我。"她突然说道,声音里透着一种严肃的口吻。

这让邦德吃了一惊。

"没关系,"他说道,大笑起来,"明天、后天、大后天,我有足够多的时间去了解你。其实,你也不太了解我。"他又倒了些香槟。

薇思珀若有所思地看着他,说道:

"人们都是孤岛一座,即使距离近在咫尺,他们还是彼此分离。有的夫妇即使结婚五十年,也无法做到彻底的理解。"

邦德诧异地想道,她一定是酒多伤怀了。不过,她又突然大笑起来。"不要为我担心,"她身子倾向前,把手放在他的手上,"我刚才是多愁善感了,不管怎样,今天晚上,我们的岛挨得挺近的。"她呷了一口香槟。

邦德放心地笑了起来,说道:"让我们合体组成一个岛吧。把草莓吃掉就动手吧。"

"不,"她嗔道,"我还要喝咖啡。"

"喝白兰地。"邦德反驳道。

这个小小的阴影过去了,第二个小阴影又来了。这个阴影也留下了一个小小的问号,悬在半空中。但是,当温暖和亲密再次把他们包围起来时,这个问号也迅速化解了。

当他们喝完咖啡,邦德呷着白兰地的时候,薇思珀已经拿起了包,走过来站在他的身后。

"我累了。"她说道,一只手搭在他的肩上。

他一把抓住她的手,两人一动不动。过了一会,她弯下腰,用嘴唇轻轻地吻着他的头发。接着,她走了,几秒钟后,她房间的灯亮了。

邦德点了根烟,一直等到把烟抽完。接着,他起身去寻她,只是停了一下,向老板和老板娘道别,对他们的晚餐表示感谢。他们相互恭维,然后他上了楼。

他从浴室走进她的房间,把门关上的时候,时间才9点半。

月光透过半掩着的百叶窗照射进来,舔舐着那张宽大的床上她那古铜色的胴体形成的神秘影子。

黎明时分,邦德在自己的房间里醒了过来。有好一会儿,他躺在床上,回味着这一夜销魂的种种。

接着,他悄悄起床,披上那件外套式睡衣,蹑手蹑脚地走过薇思珀的房间,走出屋子,来到海滩。

清晨的阳光下,大海平静如镜,细小的粉红色波浪懒洋洋地拍打着沙滩上的细沙。虽然还有点冷,他仍旧脱下睡衣,赤身裸体地漫步在海水的边缘,来到头天晚上游泳的地方。然后,他慢慢地走着,并有意地走进水中,直到海水漫到他的下巴。他让双脚脱离水底,把身子沉下水去,一只手捏住鼻孔,闭上双眼,体会着冰凉的海水洗刷身体和毛发的感觉。

海湾的海水一平如镜,偶尔有一只鱼儿跳出水面。在水下,他想象着平静的海景,希望薇思珀能够从松树林里走出来,吃惊地看到他从空旷的海面突然跳出来。

过了整整一分钟,他带着一身的泡沫浮出水面,失望至极:眼前空无一人。有好一会儿,他游啊游啊,当感到太阳光发热的时候,他来到海滩上躺下,畅想着晚上与她再次销魂时的情景。

和前一晚一样,他盯着头顶上空旷的天空,看到了相同的答案。

过了一会儿,他站起身,慢慢地沿着海滩走向那外套式睡衣。

今天,他会向薇思珀求婚,对此他已拿定主意,只是要选择一个恰当的时机。

第二十五章　杯弓蛇影

当他悄悄地从平台走进被百叶窗遮蔽的昏暗的餐厅时,他惊讶地看见薇思珀从前门附近的电话亭出来,并且轻轻地沿着楼梯拾级而上,走向他们的房间。

"薇思珀!"他叫道,心想她一定有关于他俩的重要信息。

她迅速地扭过头,一只手捂住了嘴巴。

她盯着他看了好长时间,眼睛睁得大大的。

"什么事,亲爱的?"他问道,内心稍感不安,担心他们的生活出现了某种危机。

"哦,"她气喘吁吁地说道,"你吓了我一跳。只是……我只是给马蒂斯打了个电话,给马蒂斯。"她重复道,"不知道他能否给我再弄一件连衣裙,你知道的,从我对你说过的那个女友那儿,那个营业员,你明白的。"她说得很快,有些前言不搭后语,但还能自圆其说,"我真的没衣服穿了,我想,我得在他上班前把他堵在家里,我不知道我朋友的电话号码,我想你一定会大吃一惊的。我不想你听见我在走动,怕把你弄醒。水温正好吗?有没有洗澡?你应当等我的。"

"游泳简直太棒了!"邦德说道,虽然对她这种神秘兮兮的态度有点生气,但还是决定消除她的紧张感,"你先回房间,然后我们在平台上一起吃早餐,我饿死了。很抱歉吓了你一跳,我也吓了一跳,这么早就看到有人走动。"

他用双臂抱住她,但是她挣脱了,迅速地跑上楼梯。

"看到你着实吃了一惊。"她说道,试图轻描淡写地把刚才的事掩盖起来。

"你看起来像个幽灵,一个淹死鬼,头发像那样搭在眼睛上。"她刺耳地大笑起来。接着,她的大笑变成了剧烈的咳嗽。

"希望我没有感冒。"她说道。

她继续在掩饰着什么,邦德恨不得想抽她一下,使她放松,讲出真相来。但是他没有这样做,只是在房间外拍拍她的背,让她放心,叫她赶快去洗个澡。

然后,他走向自己的房间。

他们之间完整的爱情就这样结束了。接下来的几天凌乱不堪,既虚假又虚伪,夹杂着她的眼泪,还有动物般的狂热的交欢。也许是因为日子的空虚吧,她是那样的贪婪而放纵。

有好几次,邦德想设法打破两人之间这种不信任的高墙。每当他提起打电话这个话题时,她总是顽固地粉饰她的故事,对此,邦德知道都是事后瞎编的。她甚至指责邦德怀疑她有另一个情人。

这样的场面,都以她痛苦的泪水和歇斯底里的发作而收场。

日甚一日,气氛变得越来越令人讨厌。

邦德简直难以相信,人与人之间的温暖竟然会在一夜之间荡然无存。他在脑海中反复地搜索着原因,想究其根源。

他感到,薇思珀和他一样恐惧,她的悲苦甚至比他的还要大。但是,那个电话毕竟是个谜,薇思珀很气愤,几乎是恐惧地拒绝做出解释。这个阴影,伴随着其他小的秘密和他们之间的沉默变得越发浓厚。

午饭时分,更糟糕的事情发生了。

那天,两人费力地吃完早饭后,薇思珀说头痛,要待在房间里避会太阳。邦德则拿了一本书,沿着海滩走了几里路。他返回的时候,已经说服自己,在午饭的时候一定要解决这个问题。

他俩一坐下来,他就不假思索地进行道歉,说那天在电话亭前惊动了她,然后便转移话题,描述他在海边散步时的所见所闻。但薇思珀却心不在焉,嘴里偶尔蹦出一两个字。她拨弄着食物,竭力回避邦德的眼光,眼睛望着别处,显得忧心忡忡。

经过她一两次的答非所问之后,邦德沉默起来,也陷入了自己的沉思,神情沮丧。

突然间,她身体像僵住了一样,叉子当的一声掉在盘子边,接着滑下桌子,掉在了平台上。

邦德抬起头,发现她的脸色苍白如纸。她向他的背后看去,脸上充满了恐惧。

邦德扭过头,看见一个男人在平台对面的一张桌前落座,离他们有一段距离。他看起来非常普通,穿着也很暗淡,从他的一个眼神,邦德就看出他是个生意人,恰好路过客栈用个餐什么的。

"怎么啦,亲爱的?"他焦急地问道。

薇思珀的目光没有从远处的人身上移开。

"在汽车里的就是那个人,"她压低声音说道,"那个人在跟踪我们,我知道的。"

邦德再次回头望去,店主正在与新客人讨论菜单,这种场景再正常不过了。仿佛在讨论菜单上的某个菜,他们互相笑着,显而易见,那份菜很合适。店主拿起卡片,最后交换了关于酒的意见之后,离开了。

那个男子似乎意识到有人在看他。他抬起头,漫不经心地看了他们一会儿。然后,他伸手去拿他身旁椅子上的公文包,拿出一份报纸,开始看起来,胳膊肘撑在桌上。

男子的脸朝向他们的时候,邦德注意到,他的一只眼上带着黑色的眼罩。眼罩没有用胶带拴在眼上,而是用螺丝拧上的,像个单片眼镜。他人到中年,面露友善,深褐色的头发向后梳着。刚才与店主谈话的时候,邦德看出,他的牙齿又大又白。

他转向薇思珀,说道:"真的,亲爱的,他看起来完全没有恶意。你确信他和汽车里的那个是同一个人吗?我们不能指望这个地方只供我俩使用吧。"

薇思珀的脸色仍旧苍白如纸,双手紧紧地抓住桌边。他觉得,她就要昏倒了,几乎要站起来过去扶她,但是她做了个手势,制止了他。接着,她端起一杯酒,喝了一大口。她的牙齿在酒杯上嘎嘎作响,她用另一只手来帮忙,然后把杯子放了下来。

她看着他,目光呆滞。

"我知道,是同一个人。"

他试图与她理论,但是她毫不理睬,而是用奇怪的眼神越过他的肩头,又朝前望了一两次。之后,她说头仍旧很疼,下午要待在房间里。她离开桌子,头也没回地走进屋子。

邦德下定决心要弄清楚那人的来历以使她放心。他要了一杯咖啡,然后站起身来快步走进院子。停在那里的黑色标致车也许真的是他们先前见过的轿车,但同样,它也可能是千百辆行驶在巴黎大街上的某一辆。他迅速地看了看车内,里边空空如也。他又试了试后备厢,是锁着的。他记下了巴黎的车牌号,然后迅速地走进紧邻餐厅的盥洗室,然后再转回到了平台上。

那个男子还在吃着,头都没有抬。

邦德在薇思珀的椅子上坐了下来,这样可以观察另一张桌子。

几分钟后,男子要了账单,付款之后离开。邦德听见标致车发动起来,很快,排气管的噪声消失在通往小镇方向的大路上。

店主来到他的桌旁时,邦德解释道,女士不幸有点中暑。店主表达了他的同情,并且渲染了在户外活动的危险性。此时,邦德漫不经心地问起另一位顾客的情况:"他使我想起了一个朋友,他也失去了一只眼睛,他俩戴一样的黑色眼罩。"

店主回答说,那人是个陌生人。他感觉这里的午饭很好,说过一两天还要路过这里,还要在店里吃一顿。显然,他是个瑞士人,从他的口音可以听出来。这个旅行者警惕性很高,令人吃惊的是他只有一只眼睛。整天把眼罩保持在那个位置真是不容易,他应当已经习惯了。

"的确很惨,"邦德说道,"不过你也很不幸,"他指了指店主的那只空袖子,"我很走运。"

他们谈了一会关于战争的事,然后邦德站起身来。

"顺便问一下,"他说道,"女士清早有一个电话,我得记住要付账。巴黎的电话,我想是爱丽舍的号码。"他又说道,想起了那是马蒂斯的电话。

"谢谢,先生,不过事情已经解决了。今天早晨,我跟镇上通了话,电话提到,我的一个客人给巴黎打了一个电话,还没有回复。他们想知道,女士要不要保留那个电话。很抱歉,这件事我忘了。也许先生能够向女士提一提,不过,容我想一想,总机那边提到的琳达小姐拨过去的是一组无效号码。"

第二十六章　疑影重重

接下来的两天,情况没有变化。

他们待到第四天的时候,薇思珀早早地就动身去了镇上。一辆的士过来接她,又把她送了回来。她说她需要一些药。

那天晚上,她强作欢笑,喝了很多。他们上楼之后,她把他领到她的房间,狂热地与他做爱。邦德的身体也做出了热烈的回应。但是事后,她把头埋在枕头里失声痛哭,邦德则神情沮丧地回到自己的房间。

他难以入睡。清晨,他听到她的门轻轻地开了,从楼下传来轻微的响声。他确信,她在电话亭里。不久,他听到她的门轻轻地关了起来,他揣摩,巴黎还是没有回电。

这天是星期六。

星期天,戴黑眼罩的那个男人又回来了。邦德吃饭的时候抬起头来,看见她的脸,就明白了。之前,他已经把店主对他说的话告诉了她,只是保留了他可能还要回来的话,他以为,告诉她会使她担心。

他也给巴黎的马蒂斯打了电话,并查验了标致车。车是两星期前从一家体面的大公司租借的,租车人持有瑞士护照,名叫阿道夫·格特勒,留下的地址是苏黎世的一家银行。

马蒂斯与瑞士警方联系过。不错,银行有阿道夫的一个户头,但是几乎不用。据悉,他在从事与手表业相关的营生,如果对他指控的话,可以进行调查。

对这个信息,薇思珀只是耸了耸肩。

这一次,看见那个男子走进餐厅,薇思珀饭吃了一半就离开了,直接回到自己的房间。

邦德拿定主意要跟她好好谈谈。吃完饭之后,他也跟着她回去了。她房间的两道门都锁着,他让她开了门。进去之后,他发现她躲在窗边的阴影处,可能是在观察吧。

她的脸冷若冰霜。他把她领到床边,在他身旁坐下。他俩僵硬地坐着,就像火车车厢里的两个陌生人。

"薇思珀,"他说道,"你能不能告诉我到底发生了什么?还记得吧,第一天早晨我从海滩返回后请你嫁给我。我们能不能从头开始?是什么样噩梦般的事情,扰乱了我们俩之间的关系。"

起初,她一言不发,接着缓缓地,一滴泪珠顺着脸颊滚了下来。

"你是说你要娶我?"

邦德点点头。

"哦,我的天哪,"她说道,"我的天哪。"她转过身抓住他,脸紧紧贴在他的胸前。

他紧紧地抱住她,说道:"告诉我,亲爱的,告诉我你受到了什么伤害。"

她的啜泣声安静下来。

"让我单独待一会儿,"她说道,声音的调子也变了,这是一种顺从的调子,"让我考虑一下。"她用双手捧着他的脸,亲吻着,带着渴望的眼神看着他,"亲爱的,我在努力做对我们最有利的事。相信我,但是很可怕,我的处境很糟糕……"她又哭了起来,像一个做了噩梦的孩子紧紧地抓住他。

他安慰着她,用手抚摸着她那长长的头发,轻轻地吻着她。

"现在你走吧,"她说道,"我必须花时间考虑考虑,我们得做点什么。"

她掏出手帕,擦干眼泪。

她把他领到门口。在那儿,他们紧紧地抱着,接着,他再一次亲吻了她。然后,她在他的身后关上了门。

那天晚上,他们第一天夜里的那种快乐和亲密又回来了。她很激动,笑声听起来也清脆许多,邦德决心不破坏她的好心情。只是在晚饭结束的时候,他说了句漫不经心的话,才使她停顿下来。

她把手放在他的手上。

"现在不谈那个了。"她说道,"忘了吧,一切都过去了。我明天早晨告诉你。"

她看着他,突然间,她的两眼充满了泪水。她在包里找到一块手帕,轻轻地揩了揩。

"再给我来点香槟,"她说道,发出一声怪笑,"我还要多喝些,你喝得比我多多了,那不公平。"

他们坐在那儿喝着,一直把瓶子喝干。然后她站起身来,用手敲着椅子,咯咯地笑着。

"我真的喝醉了,"她说道,"失态了,詹姆斯,不要为我感到害臊,我这么做是因为高兴。我真的很高兴。"

她站在他的身后,手指拨弄着他的那头黑发。

"快点上来,"她说道,"今晚想你想得要命。"

她给了他一个飞吻,走了。

足足有两小时,他俩舒缓地、甜蜜地做着爱,那种幸福的激情,邦德前一天还不曾想到还会再有。不自在和不信任的障碍似乎已经消失殆尽,他们相互之间所说的话语也真实起来,毫无冒犯之意。他们之间的阴影似乎不复存在了。

"现在,你必须走了。"邦德在她的胳膊上睡了一会后,薇思珀说道。

仿佛是为了收回所说的话,她越来越紧地抱着他,喃喃地说着爱慕的话语,整个身子压在他的身上。

当他最后坐起身来,弯腰揩了揩她的头发,亲吻她的眼睛和嘴巴告别时,她伸手拉亮了电灯。

"看看我,"她说道,"也让我看看你。"

他在她身边跪下。

她检查着他脸上的每一条皱纹,仿佛是第一次见到他似的。然后她用一只胳膊抱着他的脖子。她那深邃的蓝眼睛里滚动着泪花,她缓慢地把他的头拉近自己,轻轻地吻着他的嘴唇。然后,她放开他,关上电灯,说道:

"再见,我最最亲爱的人。"

邦德弯下身亲吻着她,舔舐着她脸颊上的泪珠。然后他走向门口,回头看着她,说道:

"睡个好觉,亲爱的。不要担心,现在一切都好了。"

他轻轻地关上了门,怀着愉快的心情回到自己的房间。

第二十七章　香消玉殒

清晨,店主给他送来了一封信。

他冲进邦德的房间,面前拿着一只信封,像是着了火一般。

"发生了可怕的事故,女士……"

邦德一骨碌从床上跳下来,穿过浴室,但是连通两个房间的门是锁着的。他又返身穿过自己的房间,沿着走廊,从一个畏畏缩缩、满脸恐惧的女仆身边跑了过去。

薇思珀的门开着,阳光穿过百叶窗照亮了房间。只有她头上的黑发露在床单之上,床单下的身体笔直、僵硬,像是坟墓上的石像。

邦德在她的身旁跪下,掀开床单。

她在熟睡,她一定是在熟睡。她双目紧闭,可爱的脸上没有变化,就像她原来那样。但是她,她是那么的安详,一动不动,没有脉搏,没有气息。是的,没有气息。

后来，店主过来，拍拍他的肩膀，指指她身旁桌上的空酒杯。酒杯的底部有一些白色的残渣。酒杯就立在她的书旁，还有她的香烟、火柴、令人不忍直视的小镜子、口红和手帕。地板上，是装安眠药的空瓶子，药片邦德第一天晚上在浴室里见过。

邦德站起身来，浑身颤抖。店主把信递给他，他接了过去。

"请通知警察局，"邦德说道，"他们找我的话，我在房间。"

他一脸茫然地走开了，没有再朝身后看上一眼。

他坐在床边，眼睛越过窗户，望着平静的海面。接着，他的眼睛盯着信封茫然地看着，信封上写着大大的圆体字"致他"。

邦德突然想到，她一定是要求酒店的人早早地叫醒她，这样，发现她的人就不会是自己了。

他把信封翻了过来，不久之前，她那温暖的舌头还舔舐过这只信封。

他突然抖了抖信封，把它拆了开来。

信不长，看过前几句话之后，他便迅速地读了起来，鼻孔里喘着粗气。

然后，他把信扔到床上，仿佛被一只毒蝎子蜇到一样。

我亲爱的詹姆斯：

　　我发自肺腑地爱你。当你看到这些字的时候，我希望你仍旧爱着我，因为看完之后，你就不会再爱了。所以，我甜蜜的爱，趁着我们还相互爱慕的时刻，说声再见吧。再见了，亲爱的。

我是苏联内务部的间谍。是的,我是一个双重间谍,还为苏联人工作。战后一年,我被招募,此后一直为他们工作。在遇见你之前,我曾经爱上一个在皇家空军服役的波兰人。通过调阅档案,你能够查出他是谁。二战中,他因作战英勇获得了两枚功勋奖章。战后,他接受了 M 的训练,然后被空投到波兰从事秘密情报工作,后来不幸被捕。敌人通过严刑拷打他,获得了很多情报,也知道了我。于是,他们就尾随我,对我说,如果我为他们工作,他就会活命。他对此一无所知,但是他被允许给我写信。信每月 15 日到达。我发现我停不下来了。15 号如果收不到他的信,我简直受不了,那就意味着我杀死了他。我尽可能地少给他们信息,这一点,你必须相信我。然后就遇上了你。我告诉他们,你要到这里来执行一项绝密任务,你是怎么掩护的,等等。所以,在你到达之前,他们就知道了你,并且有时间把麦克风安装进来。他们也怀疑到拉契夫,但是不知道你的任务是什么,只知道与他有关。我告诉他们的就这么多。

然后,我接到指令,不要在赌场站在你的身后,也不要去管马蒂斯和莱特尔做什么。所以,那个枪手险些射杀了你。接着,我就导演了那场绑架。现在你明白了,我为什么在夜总会那么冷漠。他们没有伤害我,是因为我为苏联内务部工作。

但是,当我发现他们对你的所作所为,我就决定不能这样下去了。那之前,我已经开始爱上你。他们要我趁你康复的时候,从你身上弄些情报,但是我拒绝了。我直接受巴黎控制,每天必须给一个隐匿号码打两次电话。他们威胁我,最后,他们撤销了对我的控制,我知道,我在波兰的男友就会死去。他们担心我会说出来,于是,我得到了最后的警告,如果我背叛他们,锄奸局就会找上我。我不在乎,我爱上了你。然后,我就看见了那个戴着黑眼罩的男子,我发现他在打探我的行踪,就在我们来这儿的前一天。我希望我能够摆脱他。我本打算和你在这里尽情享乐之后,就从勒阿弗尔逃到南美洲。我希望为你生儿育女,能够在某个地方重新开始。但是,他们一路跟踪我们,怎么也摆脱不掉。

我知道,如果我对你说了,我们的爱情也就结束了。我意识到,我要么等着被锄奸局杀死,也许还要搭上你,要么我自杀。

我要说的都说完了,我亲爱的。你不能阻止我这么称呼你,也不能阻止我说我爱你。我带着这个,还有对你的记忆走了。

我无法给你提供什么有用的情报。那个与我联络的巴黎的电话号码是55200。我在伦敦从来没见过他们,一切都是通过一个中转进行的:查理十字大街450号的一个报亭。

我们第一次在一起吃饭的时候,你提到了一个南斯拉夫的男子,被判了叛国罪。他说道:"我是被世界的狂风卷走的。"这正是我命运的真实写照。唯一让我感到慰藉的是,我是为了拯救我所爱之人的性命。

夜已经深了,我也疲倦了。我眼睁睁地看你穿过了两扇门转身离开,但是我必须要勇敢。你可能会救我一命,但是我不忍再看你那可爱的眼睛。

永别了,我的爱啊!

薇思珀

邦德把信扔下,无助地搓着双手。突然间,他用拳头击打着自己的太阳穴,站起身来,久久地看着窗外平静的大海,接着大声地骂着脏话。

之后,他擦干自己的眼泪,穿上衬衫和裤子,脸色荫翳地走下台阶,把自己关在电话亭里。

在接通伦敦的时候,他冷静地思考着薇思珀信里所讲的事实。一切都对上了。过去四星期来的阴影和疑问,这些他的本能已经注意到,但是他的思维却拒绝思考的,现在都像路标一样,清晰可见。

他现在只把她看作间谍,他们之间的爱和他的悲伤已经被抛到了脑后。以后,他们之间的往事也许会不时地被回味,然后再与他宁愿忘却的情感包裹一起塞回到他的脑海里。现在,他只想到她对间谍事业的背叛,对国家的背叛,以及这种背叛所造成的损失。他的职业思维完全沉湎于此事可能造成的后果之中:肯定会有其他在秘密战线工作的同事暴露,密码肯定会被敌人破译,情报站针对苏联各部门的秘密情报可能因此泄露……

太糟糕了,天知道造成的混乱何时才能被解决啊。

想到这,邦德咬紧牙关。突然,他想起了马蒂斯的话来:"周围存在着大量真正的黑目标。"早些时候,他也说过锄奸局:"这些家伙在法国到处乱窜,随意处置他们认为背叛他们宝贵政治制度的叛徒。"

邦德对自己苦笑着。

真快啊!马蒂斯的话被证明是正确的,而他自己那些小小的诡辩现在看来显得是多么荒唐可笑。

而他自己呢?多年来,自己一直根据组织的指示四处执行任务,而真正的敌人一直在悄悄地工作,他们冷静、没有豪言壮语,而且就在他的身边。

他面前突然现出了薇思珀的身影:她刚走出情报处的大门,包里装着刚刚获取的文件,文件上写着即将被派出执行秘密任务的特工的名单。

他把手指狠狠地戳进掌心,身体羞愧地直冒冷汗。

现在还不太迟,他的目标就在面前,近在咫尺。他将与锄奸局较量,追捕它。如果没有锄奸局,没有这种死亡和复仇的冷酷武器,苏联内务部就不过是个普通的特务机构,与西方的间谍部门毫无二致。

SMERSH 是一种鞭策。要忠诚,要敬业,否则去死。毫无疑问,你将不可避免地被追捕、被杀死。

整个俄罗斯机器也是如此,动力就是恐惧。对他们来说,前进总是比后退安全。面对敌人前进,子弹也许会错过你;后退、逃避、背叛,子弹就永远不会放过你。

但是现在,他将要和那些高举皮鞭和枪支的幕后黑手展开较量。从事间谍活动的事可以留给白领男孩,他们能够侦察并捉住间谍。而他则跟踪间谍背后的威胁,正是这种威胁使他们成为间谍。

电话铃响起,邦德一把抓起听筒。

他接上头了。这是一个对外联络官,当在境外遇到紧急情况时,他会是在伦敦的唯一联系人。

他轻轻地对着话筒说着:

"我是007,这是外线,情况紧急,听见没有?马上传达,3030曾经是双重间谍,为红色土地工作。

"是的,该死,我刚才说'曾经是',因为她现在已经死了。"